Genel Yayın

Bu kitap hiçbir "ödül"e katılmamıştır.

TÜRK EDEBİYATI

LEYLÂ ERBİL
TUHAF BİR ERKEK

RESİMLER: KOMET

Sertifika No: 40077

EDİTÖR
RÛKEN KIZILER

GÖRSEL YÖNETMEN
BİROL BAYRAM

DÜZELTİ
ASLI YALKUT

GRAFİK TASARIM UYGULAMA
TÜRKİYE İŞ BANKASI KÜLTÜR YAYINLARI

I. BASIM: NİSAN 2013, İSTANBUL
VII. BASIM: ŞUBAT 2020, İSTANBUL

ISBN 978-605-360-824-0 (KARTON KAPAKLI)

BASKI
UMUT KAĞITÇILIK SANAYİ VE TİCARET LTD. ŞTİ.
KERESTECİLER SİTESİ FATİH CADDESİ YÜKSEK SOKAK NO: 11/1 MERTER
GÜNGÖREN İSTANBUL
Tel: (0212) 637 04 11 Faks: (0212) 637 37 03
Sertifika No: 45162

TÜRKİYE İŞ BANKASI KÜLTÜR YAYINLARI
İstiklal Caddesi, Meşelik Sokak No: 2/4 Beyoğlu 34433 İstanbul
Tel. (0212) 252 39 91
Faks (0212) 252 39 95
www.iskultur.com.tr

tuhaf bir erkek

Leylâ Erbil

Resimler Komet

TÜRKİYE İŞ BANKASI
Kültür Yayınları

önsöz

daha önce *kalan*'ı okumuş bulunan okurların göreceği gibi bu anlatı *kalan*'dan doğmadır.

ancak *kalan*'ın kendi dil akışını bozduğu için oradan kovuldu! bununla birlikte hem *kalan*'da bunun hem bunda *kalan*'ın izleri kaldı.

tüm çakışan, benzer, örtüşen yerlerine karşın başka, yeni bir anlatı olarak yazmış bulunuyorum bu parçayı.

leylâ erbil

aziz komet'e

birinci bölüm

*"(...) her hainde, rezilliğe susamışlık olması mümkündür."**

* *çürümenin kitabı*, e.m.cioran, çev.: haldun bayrı, metis yayınları, 2000.

bildiğiniz gibi, ben de iyi yürekli, yardımsever
iffetli okulları birincilikle bitirmiş
ondan da öte perişey benzeri
yaşlısever, çocuksever, oyunsever
bir genç kız olduğumda
sıram da geldiğinde
bir fallusun koynuna verilme sıram
birbirimize göz koyduğumuz
öteki mahallede oturan
sevgilimin kollarına attım kendimi
yıldırım nikâhı dedikleriyle
ben henüz
tuhaf bir erkek nedir
bilmezdim

o sıra gorgo da
bu denli korkunç değildi
kendi kendine
yumuşacık salınan
bir kayık
ya da
kendi
beşiğini sallayan
tatlı bir bebek yüzü
görünümündeydi her şey
zaten gorgo da
aramızdan çıkmış
başa geçmiş

bizden biri gibiydi
nasıl başa geçtiğini
bilmesek de
fakiri ve doğayı
seven sandığımız

ablam birkaç yıl önce varmıştı
evlilik denen o menzil-i mertebeye
tanımadığımız düzceli bir çiftçi ailesinin oğlu ile
sandık dağları dolusu çeyizinin alıp yarısını
yarısı da sana kalsın zengin bunlar diyerek
tatlı cıvıltılarla uçunca aramızdan
kalınca ben hacı murat adlı rum ustanın üç katlı
sefertası diye o günlerde küçümsenen
bugünlerde antikaya binen ahşap evinde
yapayalnız

merdivenlerinden inerken çıkarken
kıyamet gıcırtıları içinde
kefenli o adam karşılardı
merdivenin başında beni
uyuyamazdım
bembeyaz uzun
çılgın bakışlarıyla
gorgo'ydu o
çocukluğumun
kalın
kerestesi elinde
yapayalnızdık o evde
sen yoksun o yok ben yalnız çıldıracaktım haliyle
tomris, iris, mesrop, efterpi, vangel ve farandolsuz
annemle baş başa

ve ölse de ölmemiş olan
bir pencereden sürekli bizi gözetleyen
dayının picasso'yu andıran
gölgeleriyle
uğraşmaktan yorgun
tutuluverdim
bizim oraların bir çıkmaz sokağında oturan
yakışıklı o gence ki eşim şimdi benim
semt düğünlerinde
seyyar org çalan bir müzisyen

seyyar org kalmış ona dedesinden
ezekiel'i andıran sakallarını sürterek deliklerine
çalarmış orgu tükenmez nefesiyle o dede
ardından da babası yinelemiş o nefesi
nefesle çalınmasa da org bilirsiniz
gene de
nefesle görülür her şey
bu ölümlü dünyada
ölmeden önce
ben o zamana kadar
tuhaf bir erkeğe
rastlamış değildim dedim
yanaklarımı ya da saçımı okşayan
yumuşak eller tatmıştım
sevgilim de öyle olur sanıyordum
ve bu sanı hurşit'e olan
tutkumu
artırıyordu
katbekat
özlemiyle sevilmenin

onun geçmişi
biraz tuhaftı
zaten bu kentte
her şey tuhaftı
gökyüzünün renkleri
denizin iniltileri
toprağın küsmesi

ana babası birlikte
mutlulukla intihar eden
insanlardandı
zweig'lara benzeyen değil
benzemeyen nedenlerle
yani öyle toplumsal avla
kovalanmakla
öldürülme korkusuyla yaşamamışlar
yahudi değiller
türk bunlar
fakat gene de
intihar etmişler
bu dünyada
kendilerinden başkasını gözleri görmeden
tatlı tatlı
tıka basa
yaşadıktan sonra
yeryüzünü
orglarıyla birlikte
yaşayabildikleri kadar
öteki dünyaya da
sevinerek göçmüşler
baş başa
orada

bu dünyanın hallerini
anarak kırılırlarmış
gülmekten mezarlarında
oynatarak göbeğini toprağın
kendilerine
“kün” demiş sanki
bir ses
toz, toprak
balçık, çamur
tortudan kalkan bir ses
kimseye küsmeden
incitmeden kimseyi
bir orgla
nasıl yaşanırsa bu dünya
şan olsun bize
diyerek

toprağa girerken de
ardlarında
bırakarak
başını sokacak bir ev
oğullarına
eline bir org
sarı madenden
oğul ki sevgilim benim işte
hayatın sonsuz karmaşası
içinde
elinde bir org
ve ben

bu orgu
çalardı elvis presley gibi dizini bükerek

çıldırmışça hurşit-i mümin
bizim orada sokak aralarında gezerek
tepesine mahalle sakinleri
kovayla su atıp kovalayana dek
çalardı
öyle ki
bir kızı sıkıştırmışçasına bacak arasına
kükreyerek ve tırmıklayarak
kendisi de iniltiler katarak
orgun sesine

org öyle çalınmaz demeyin
o ne olursa olsun
çalmayı bilirdi dizinin üstünde
sokakta, evde, salonlarda
ve havada uçurarak bumin
orgu da
fuları gibi şarkı söylerdi
kırmızı fularlı sevgilim benim
kırmızı gömlek
kırmızı fular
kırmızı fötr
kırmızı deri ceket
bir ton kırmızı aramıştık aylarca
ıstanbul'un en ücra köşelerinde
hangi ton
takılmışsa zihnine
bu değil bu değil
deyip durduydu
öyle bir
kırmızı ki
anlaşıldı sonunda

yalçın küçük'ün
atkısı renginde
dünyanın bütün işçileri birleşin diye dolaşan
firar ederek
silivri cezaevi'nden
f tipi
f tipi ne demekti
kimse bilmezdi
zeyyat'a sorduğumda
insansız dediydi
deli olsunlar diye
tıkarlar oraya muhalifleri

gerçi sevgilim
değildi bilincinde
kırmızı gerçeğinin
bense
sökmüştüm
bilinçaltından mı freud'un
bilinçdışından mı young'un
kopup gelen
yüksek sezgimle
evet
diyecek yoktur
sezgime
kırmızı tutkusuyla
tutuştuğundan habersiz
bu sevgilimi de keşfettim
ama gene de
tuhaf bir erkek nasıldır
bilemezdim

sonunda mahallemizin bakkalı
köse yahya efendi'nin
izbe dükkânında
rastlamış bir adama kırmızım
sakallıymış çok adam
ezekielle boy ölçülesiye sakalı
midesine kadar hürmetli
dertleşmiş
adı zekeriya olan köse sakallı
sevgilimle
bunu çok sevmiş ve takdis etmiş
bulacaksın "onu" artık rahat uyu demiş
"onu" dediği de ben
sanatçının bir genç adam olarak portresini de
iyi bilirmiş bu zekeriya ki

ey mezar, nerde senin zaferin?
ey ölüm, hani senin zehirin?

dizelerini sık sık söyleyerek
çevresindekilere ezberlettiği gibi
sevgilime de ezberletmiş
zurşit'le birlikte
dolaşırdı evde
bu iki dize
ikinci zurşitiymiş gibi
kendinin
ne anlama geldiğini sordum
mezarın zaferi
ölümün zehiri
ile karşı karşıya

dedi
anlamadım dedim
yani mezar seni öldürüp
zafer kazanır
zehir de mezarı
dedi
gene anlayamadım
dedim
sen anlayamazsın böyle şeyleri
dedi

~

aslında çiftliği ve hayvanları da varmış zekeriya'nın
ancak ben eşimin
yorumuna tutturmuştum
mezarla zafer ölümle zehir?
dolandı dilime

ey mezar, nerde senin zaferin?
ey ölüm, hani senin zehirin?

neyse burada bekleyedursun
bu dizeler
her çeşit hayvanı seven biriymiş
zekeriya
ancak sevgilim olacak genci de
nedense sevmiş yavru keçisinden fazla
her yere kucağında taşıdığı
sakalıyla birlikte

fener'de bizimkine yakın
çimen sokak'ta otururdu
hâlâ ayakta durur evi bünyamin'in
adını bumin koyayım bari
kırmızımın
azıcık çarpıksa da
hâlâ yıkılmak bilmez
benim telli duvaklı
gelin gittiğim o ev

~

aslında bu öyküde
zekeriya'dan söz edecek değildim sizlere
tuhaf bir erkekle hiç ilgisi yok zekeriya'nın
doğrudan girmeliydim
tuhaf bir erkek'e
ama çevremde dolaşırken
hayaletleri bu anlatının
tutamıyorum kendimi
sıra gelmek bilmiyor
tuhaf bir erkeğe
hayaletler her yerde
uzunlu kısalı çocuklu kadınlı
dev zambakların içinden çıkan
aslan bakışlı
bembeyaz kombinezon giymiş
kızlarla hayvanlar
gelinlikli erkekler
duvakları yerleri süpüren
her kapı ardında bekleyen

zekeriya bu dünyadan çekip gittikten sonra bile
yukardaki iki dizeyi her fırsatta yineler durur
sinir ederdi beni kurşit
belki o yüzden yazmış bulunuyorum o günleri
yoksa ben
yazacaktım tuhaf bir erkeği

ey ölüm, nerde senin zaferin?
ey mezar, hani senin zehirin?

diye değiştiriyordu
sözcüklerin yerini arada bir
ardından
orgla dizeleri seslendiriyordu
ey ölüm, duuut
ey zafer, düüüüt
dediğim gibi
o günlerde henüz
tuhaf bir erkek nasıl olur bilmiyordum
belki de o yüzden asabi biriyim
dr. cem mumcu
biraz gerginsin evet
fazla düşünme
dünyayı dert etme
gez, toz, eğlen
gel bi kadeh daha rakı içelim
sonra gidersin dedi
ilaçları da unutma ha dedi
beni sımsıkı kucaklayıp
savarken meyhaneden
harun'un tüm bilgisi

zekeriya'dan işittiklerine dayanır
sanki hiç mazhar şevket hoca'nın
derslerine girmemişiz birlikte
birlikte birbirimizi dikizlerken

~

kızıl deri montun sırtında simsiyah yazılar:

mademoiselle!..
la la la la layla lom!..
my - concord - 6:30 roissy - kennedy airport
about 9:30 yellow cab - to manhattan - sunny
weather in central park. shopping 5th avenue - flash
at the bus stop - a soft drink in brooklyn's cafe!!!
champagne!!! preview at modern art gallery with my
old limousine - lovely walk along the city - back to
paris then istanbul with tender souvenirs!!!

sanki beni motosikletin arkasına atar atmaz bir avazda 5th avenue!.. alacaktım annemin kıpkırmızı topuklu farandola papucunu ilkin,,,

ah onu,,, o motor sesini uzaktan işitir işitmez,,, nasıl da annemin topukları gibi vururdu kalbime kalbim

o kızıl mont kara yazılı

"...shopping fifth avenue..."

atlardım motor'un arkasına sarılırdım beline

vangel'in beline sarıldığım gibi

dönerdik gök gürültüsünü andırır bağırtılarla

sokaklara,,, bütün mahalle fırlardı pencerelere kıskançlıkla

ben de eğri büğrülüğüme karşı

çok alıcı bir kız olmuş
sığmazlanmıştım ablamın eski giysilerine
bezmiştim onarmaktan her seferinde
patlayan fermuarları
sökülen yırtmaçları,,,
ve bezmiştim yaz akşamları
bir kumaştan çıkmayan
lekeler halinde oturan
konu komşuyu
ağırlamayı
kısa bacağımla
annem hep
sen zahmet etme zehranım
sevdacığım yapıverir şimdi birer kahve bize dedikçe
mahlepli çörekler
çay eşliğinde
kapı önündeki terasımsı yere attığımız
eski kilimlerde bağdaş kurar
bahçemizden ağan serinliğe,,, ohhh ohhh çekerlerdi
ardından
başlardı gorgo dedikoduları
bugün gene yüz kişiyi gözaltına aldırmış
mapushanelerde bir ranzada yirmi dört kişi
ah kardeş dile kolay
münavebe ile uyuyorlarmış evlatlarımız
aç karnına yerlerde

~

bir de gorgo masalını
diline dolamıştı
sanki elinde büyümüş
gorgo
aslında
şen şakrak gencecik
sevimli
yufka yürekli
merhamet doluymuş da
kimsenin bilmediği bir nedenle
çarpılmış bir akşam
sabahına
cellat suratlı bir ceberut
olarak uyanmış yatağında
yüzünü görenin
ödü patlamış
kimileri şeytan çarptı demiş
kimileri erdi
sevgiye muhtaç
dedi hurşit-bümin
herkes sevgiye muhtaç
dedim
yağma mı var
onu seveceğiz dedim
elbette ama o bir evliya dedi
gorgo evliya ha!
allah'ın çarptığı adamlar
kutsaldır dedi
anlasam ya
tuhaf bir erkek olduğunu o zaman
kendini de allah'ın çarptıklarından

biri sanıyor olmalıydı
neyse
bütün bunlarla
aşağıda
anlatmaya başlayacağım aşk öykümüzün
yok hiçbir ilgisi
ama tutamıyorum kendimi dedim ya
sanki anlatmasam
bir şeyler eksik kalacak
esirgemiş olacağım hakikati sizlerden
hakikat ki hakikatidir
kendi hakikatinin
vardır ilgisi aşkımızla da
hiçbir şey kaçırmamanın
okurla yazar arasında
etike giren
vardır mutlaka

bir rivayete göre
harun reşit'in babası
daha bu bir aylıkken
ağlamasına dayanamamış
almış beşiğinden
"seni bize sayıyla mı verdiler ulan" diyerek
çalmış duvara
o an suspus olmuş zurşitçik
bir başka bünyamin var
bilirsiniz
yakup peygamber'in
en küçük oğlu
bu o değil

bünyamin çok
nedense bizde
asalı yahudi'dir
duvara çalınınca bizimki
ağlamayı unutmuş
o anda
yusuf peygamber'in
kardeşinin adı da
bünyamin'dir
katmanlı tarihsel bir ad
bu bünyamin
bana düştü
ne ki
bu babanın beşikteki oğlu
duvara çalmasından
öylesine çarpıldım ki
anlatamam

bunu biz boşanma
kararı aldıktan
bir gece sonra
şarabı fazla kaçırınca
kendisi anlattı bana hurşit
içimde uktedir dedi
keşke o pezevengi
ağlayarak
uyutmasaydım
ağlasaydım
hıçkıra hıçkıra
gece gündüz sabahlara
o geberene kadar
içimde hicrandır dedi

çok acıklı buldum
bebekliğini sevgilimin
gözlerim doldu
başını göğsüme dayattım zorla
istemedi ama çeke çeke dayattım
başını göğsüme
onunla anasıymışım gibi seviştim o gece

zeyyat'a anlattığımda
kökleri nietzsche'ye dayanan
postmodern bir travma dediydi

bildiğiniz gibi çok sevgili okurlarım
hani meryem teyze de
"hiç düşünme, çöpsüz üzüm!" dediydi
bünmayin'e
çöpsüz üzüm
hoşuna gitmişti
ailemin de
bu öksüz
kürşit'le
evlenmek için biraz bekledik
zira o sırada
matemliydi bizim mahalle
bizim mahalle türkiye'de
tarihi yarımada'da
ne imparatorluklar
ne imparatorlar görmüş şaşkındır
mahallemiz
bilmem ki bizler bugünün çocukları
layık mıyız ona
bu da ayrı bir sorun
i.s. 330
i constantinus'u düşünün
büyük constantinus da derler
kemiklerinin
tozu kalmış mıdır
toza sor
belki de saklıdır
bir urnada

matemliydi mahallemiz
volkanik öfkeler

püskürtüyordu tanrı'ya
çünkü
ferit amca'yı da intihar
ettirmişlerdi
emniyette
imparator constantinus'tan (337)
gel gel gel
yüzyıllar geç
imparator sarhoş mikhael
ve karısı
imparatoriçe theodora
bu muydu o
hani orhan duru'nun
çevirisinde
sahneye çıkar
orasına tavuk yemi serper
ve tavuklara yemletir erillerin
ulumaları eşliğinde
saymakla tükenmez
gorgo'lar geçmiş
kadınlı erkekli
şu bastığımız toprakta
919'da birinci romanos lekapenos
1453'e kadar
düşünün
44 imparator
fatih'ten sonra
23 osmanlı
1789 III. selim
arada göz oymalar
gırtlaklamalar
boğdurmalarla

ecdat'ın
doymak bilmez gözü
tahta dikilmiş

ey mezar, hani senin zaferin?

ferit amca'ya
sıra geldiğinde
ağzı var dili yok bir adamcık
polisin söylediğine
gazetelerin de yazdığına göre:
pantolonunun beli düşmesin diye
bağladığı sicimle
asmıştı kendini emniyette
yattığı somyayı
duvarına dayamış
koğuşun
dikine ve eğrisine
sonra somya demirinin kalın yerine
bağlamış
sicimin bir ucunu
öteki ucunu geçirmiş
âdemelmasının dibine
olacak şey mi
gerçi
boyu çok kısaydı
değmemiş olabilir
bacakları yere

ey ölüm, hani senin zehirin?

ne olursa olsun

tüm komşular
haykırdı
yok olası gorgo
faşist gorgo
rejim faşist
çember olup sokaklarda
döndük
bazı amcalar
ispirto içtiler
sabaha kadar
yerim ulan ben o gorgo'yu
çıkmasın önüme diye
yeri göğü inletti
saliha teyze'nin
evden çıkamayan
veremli oğlu ali
o alevi'ydi
çok iyi insanlardı
sakin
dupduru
tertemiz
ama
meryem teyze
ferit amca'dan olma kızı
saçaklı mefküre'yle birlikte
çok tuhaf beddualar etti
yedi kat yerin dibine gire
gözlerini sağ iken çıyanlar yiye
cesedini çiğneyelim
sakız diye
yaşarken

farelere ziyafet olsun s.kin
isteriz
isteriz
ferit amca'yı isteriz
fe-rit am-ca
fe-rit am-ca
isteriz
isteriz
katil gorgo'yu isteriz diye
sessiz naralar attılar
kendi içlerine

başka bir genç grup da
dolaştı mahalleyi
gece yarısı
"kahrolsun gorgo"
"gorgo'ya ölüm" pankartlarıyla
aydınlıkta sokağa dökülemeseler de
gece vardiya tutuyorlardı
duvar diplerinde
sabaha doğru
alacakaranlıkta
yerlere bırakılmış
ağaçlara
kapılara asılmış
pankartları okuyordu
halk
ve bir gün
nedense
birkaç kişi yürümeye başladı
nereye yürüdüğünü bilemeden

çocuklar da
takıldı bilmeden
peşimize
aslında azdık
ama yollarda bize katılan oldu
ayasofya'nın yakınlarına toplandık
orada çağırdıkça
katil gorgo
gorgo'ya ölüm
bağırdıkça
çoğaldık
kendiliğinden müthiş
bir miting oldu
maviyle yeşil karışımı
bir sis örttü üstümüzü
korudu polislerden
kaçarken
kimimiz müzenin içine
kimimiz ayairini'ye
ayasofya'yı böylece
gördüm ben ilk kez
birinci tepenin üstünde
parıldayan bu
kilise
iustinianos tarafından
son görkemli haline
kavuşmuş durumundadır
yapımına 532'de başlanmış
sütunların 32'si
mısır granitindendir
eğriboz adası'ndan açık yeşil çimen rengi

cezayir'den safran rengi
siga'dan damarlıpembe
kürdistan'dan beyaz-kırmızı mermerler
taşındı
efes'teki diana tapınağı'ndaki
kırmızı porfir sütundan da
sekiz adedi
bu yapıda kullanılmıştı
kırk pencereden ışık alır
yapımı da kırk yıl sürmüştür
dünyada eşi yoktur
eskiyle övünmenin
yok anlamı
yapanlar da
müslüman değil zaten
gerçi padişah efendilerimiz
kubbesi ondan geniş
camiler emretse de
bir türlü o genişliği tutturamamış
bizimkiler
kiminin ellerini kesmiş
boğdurmuş kimini
gözlerini oydurmuş
nasıl bana ondan daha büyük
bir kubbe yapamadınız diye

ey mezar, nerde senin zaferin?
ey ölüm, hani senin zehirin?

böyle bir yere türk
polisinden kaçarak sığınan

müslümanlar olarak
gorgo'yu
başımıza dert eden
cumhuriyet'e de
sövenler olunca
kilisenin içinde dövüştük
olmaz olaydın
keşke imparatorluk olarak kalaydın
osmanlı'yı deviren haindir
öfkesiyle
birbirimizle yumruklaştık
ardından polis gitti dediler
dışarı fırladık
sokakta
çocuklar
faşistlere ölüm
kahrolsun gorgo
osmanlı'yı isteriz
amerikan casusu gorgo
gorgo'ya ölüm nidalarıyla
çekiyorlardı şut
birbirlerine
futbol oynarken
caddede
kızlar ise
ela mena dosi
dosi saklambosi
olarak seksek'te

fekat
hepimiz
umutsuzluktan mı
öfkeden mi
yoksulluktan mı
hiçbir vakit olmadığımız kadar
birbirimizi sever olmuştuk
imparatorluktan kalma
bu soylu mahalledeki
aristokratlar
sanarak kendimizi
ki tam o sırada gorgo'ya ölüm diye
bağıranları da
susanları da topladı polis
bir daha haber alınamadı onlardan
öldürüldüler diye bildik

bu hacı murat'ın evinin de
salınımı hiç durmaz
rüzgârda
ha düştü ha düşecek ön bahçeye ev
merdivenden inerken
kış gelince
basamak aralarında
buzlu öksürükler
kırık camlar
pervazlar çürümüş
duvarlar
kirden yosun bağlamış
bitek
sarnıç
bizans'tan kalma
sapasağlam
taşlıkta
sarnıcın kıyısına
topuğu yapışmış
kırmızı iskarpinlerinin
annemin
farandola çıkacak
sanki
gülüyor eve
üreterek yeni egolarını
ölü suyundan bizans'ın
kahkalar atarak
çocukluğumun
aslında bütün bu güzellikler
efendi köle diyalektiğini hegel'in
ve sendromunu stockholm'ün
bilmediğim o günlerde

ne güzel insanlarla
doluydu mahallemiz
muhtaçtı herkes herkese
size
tuhaf bir erkeği
anlatacaktım
bir türlü giremez oldum
konuya ama
başlıyorum şimdi

~

günü geldiğinde
"hadi bakalım,
madem sevmişin birbirini sen de uç git yuvana
bilmek ister kız kısmısı kendi evini he!." demişti ya annem,
dayı ise ölmemiş gibi buzda kayıp sancaktar yokuşunda patlatarak kafasını
"akıllısındır sen! güçlüdür yaşam dürtülerin egon korur seni yallah!.."
ve gitme kararımla
eve yerleşen sevinçli havada
karşı karşıya kalkıp
başlamıştılar
birbirlerinin etrafında zıt
döne döne farandola dansına
"istersen al götür keltoş'u, olsun senin?" dedi dayı
"istemem orası apartman katı ne yapsın keltoş orada?" dedimdi

~

işte şimdi,
bu orgcu sevgilim kurşit, karun, bumin-i bünyamin'le
evliliğimizin birinci yılını kutlamak üzere
el eleyiz
kararım kati
eşimin adı bünyamin
çok katmanlı bir addır bünyamin
bilirsiniz
hava raporlarını da bildirir bize
constantinople'ın
sular denizler
güneş kar tipi
şiddetli lodos poyraz
en çok da mor lodos
mor değil
mosmordur lodosu
ıstanbul tükenmez ki
bence en güzeli
süleymaniye camii olan
hadi gene onun
dalmayayım görkemine
bilirsiniz hepiniz
babasından kalan orgla
sanat tarihi okumuş
ıstanbul üniversitesi'nde
mazhar şevket hoca'dan terk
benimle birlikte eşim
üniversitenin üniversite
hocaların hoca olduğu o günlerde
ah bu okullar
ilkokul orta ve lise

ilkokula ayten'le
çantalar elimizde uzun ip belimizde
giderdik sabahları
el ele
annem gorgo'ya dikkat edin
her yerde olabilir derdi
beşiktaş kız ortaokulu'na gönderirken bizi
ayten'le beni yani
ayten saliha teyze'nin kızı
bana dedi ki
"bizimkiler
büyüyünce seni isteyeceklermiş abime"
gözümün önüne şakir'in
salyası akan hep açık ağzı geldi
ben istemem dedim
"ama neden avukat olacak" dedi
olsun dedim

beşiktaş'ta
sinanpaşa camii'nin
musalla taşında
her gün
bir yeşil tabut beklerdi
neler çektim o yeşilden
düşlerimin zeminini
ölüm yeşillendirir
hâlâ geceleri
o vakit
yatağımdan kalkar
sığınırdım ablamın sıcağına

ben
ortaokuldayken
gorgo'yu öldürmüşlerdi
katili de
yakalanmamıştı
bir oh çekmiştik derinden
meryem teyze göbek atmıştı
fıldır dıldır döndürmüştü göbeğini
göbek çok kabarıktı
o açlıkta öyle göbek görülmemişti
lisedeyken yeni bir gorgo geldi
o kendi eceliyle öldü
gerçi zehirlendiği dedikodusuyla
çalkalandı ortalık
olsun
ona da sevindik
üniversitedeydik
başka bir gorgo başa geçti
onu idam ettiler
üzülmüş gibi yaptık
anma töreninde
ağladık güya bütün kızlar
birbirimizi dürte dürte
gorgo'ları hiç sevmezdik

başımızdaki
yeni gorgo korkunç
sezince sevilmediğini
intikam alıyor
çok kindar
sezince dedim ama

kendi sezdiği bi şey yok
"unsur"ları var
"unsur"ları ile
karıkocaların
yatağını bile
dinliyor
üstelik
allah'ın içine gizlenerek
konuşuyor
o yüzden
bu yeni gorgo zamanında
kimse kimseyle
doya doya sevişemiyor
konuşamıyor örüşemiyor

memleket gorgo felaketiyle
altüst olurken
biz
orgcu sevgilimle
birlikteyiz
ben hâlâ anlamamış durumdayım
tuhaf insanlar olduğunu
bu dünyada
biliyorsunuz asıl anlatmak istediğim
tuhaf bir erkekti ama
bu tuhaf erkeği
ancak böyle
anlatabileceğim size

bugün
benim için bir parti veriyor bümin-i mümin
ida dağı peçekuş manastırı'nda
sürpriz bir kutlama partisi bu sevgili eşim
yanından ayıramadığı orguyla
365 gün sonra birlikteliğimizin
birliktelik dedim ama
birlikte sayılır mıydık
tam bilemeyeceğim
ucu sivri kahverengi ayakkabılı
bir ağaç benim eşim
evin içinde hep dikilen
yatak mı
genç evliler pek
merak edilir bilirim
hele köylerde
gelinin kanlı çarşafı

bayrağıdır
zifaf sabahı
damadın otomobilinin
penceresinde bir kanlı bayrak
hayasız gelenek
çünkü herkes merakta
bakire mi çıktı
merak etmeyenleri
tenzih ve terfi ederim

durumumuz bu
yükselmekte
ve alçalmakta olan
o başıboş sandalız
alçaldığında batıyoruz
boğulmadan
yükseldiğinde
çöküş başlıyor

parti dedim ama
buraya
manastıra
gelince hemen anladım ki
baş başayız gene bünyamin'le
öteki bünyamin
m.s. 8. yüzyıldan bu yana yaşamaktadır
tarsus'ta doğar
roma vatandaşıdır
iki adı vardır onun
biri musevi adı saul ki
bünyamin kavminden gelmedir

öteki ise roma adı olan
paulus'tur
68 yılında
başı kör testereyle kesilerek
roma'da
görüyorsunuz sadece
müslüman kardeşlerimiz
baş kesmemiş
bu dünyada
sivri diller hep
kesilmiş ötekilerce

bünyamin
ana babasının fotoğrafı önünde
uzun süre kaldı
içinden
ahhh melek anacığım benim diye geçirdi
erkenden gittin beni yapayalnız bıraktın
şu halime bakın
bir zalim kadının eline
düştüm
sevmiyor beni hiç
senin o pamuk ellerin
başımı okşarken
dediğinde fotoğraftan
bir yankı yükseldi
kadının bulaşık yıkamaktan
elleri haşır huşur sesler çıkararak
buharlaşıp eriyordu gözümün önünde
gene de
sevgilim üzülme
anneciğin çok tatlı bir kadınmış
ama bak şimdi ben de seni seviyorum
anneciğin gibi olmasa da
çünkü o aristokrat bir aileden geliyordu
değil mi
bense alt kültürden
tutamam yerini onun
hangi ecdattan demiştin
evliya çelebi merhum ha
ne soylu bir soy
ya babam dedi
o da mı soylu

soylu
büyük dedemin varmış
ordusu
askerleri
elbette binlerce
terracotta askerler değil mi
her birinin yüzü de başkaydı
değil mi canikom
başkaydı ya
tanrım ne kalabalıkmış yaşamı
ben de severim
kalabalıkları
ama
kimsesiz bir parti olacak bizimki dedim
dağ başını duman almış bu yerde
çifte kumrular gibi
olsun
baş başayız ya seninle
sevgilim benim

tuhaf bir adam
evlendim evleneli
ne bir arkadaşıyla tanışmışım
ne bir hısmıyla bu bünyamin'in
yalnızlıktan ve ilgisizlikten
bitap
yoksun bir genç kadın
allah düşürmüştü onu önüme
bana zulüm olsun diye sanki
gene söylüyorum
her şeye kadir olan allah
çok gaddar davranmıştır bana
sanki gorgo'nun ta kendisi
henüz ben 19 yaşımda
birkaç ay geçmişti ki üzerinden
kutsal evlilik müessesemizin
müstemleke halkı bakışı üredi gözlerime
inanamayarak bakıyordum
kendim kendimc
ve sevgili eşime
ve her sabah kalkar kalkmaz
burunları sipsivri
kahverengi ayakkabılarını
giymeden yaşayamayan
bünyamin'e
evet
aynanın önünden geçerken
gizlice
bakıyordum kendime
ya günün biri
tanıyamazsam

kendimi
dedim ya
gorgo'nun
kulağı her yerde
şikâyet yok
herkes mutlu olacak
herkes bulduğuyla yetinecek
beş parmak bir mi
oysa çoktan
sokak aralarına serpili evlerin
pencerelerindeki
sardunya saksılarından
kapı eşiklerinden
dolaşık mahallelerin
toprak altlarından
ortalıktan el ayak çekildiğinde
bütün ıstanbul'da
gökyüzü
bir kısık ses
insanlığın iç sesi
gorgo'ya ölüm

gorgo'nun
hepimizi
taksim 1 mayıs alanı'na topladığı
o muhteşem günü de unutmamalı
anıtın çevresine sığışamayanları
taksim gezisine kovalattı
ve unsurlarıyla
bir hamlede kuşattı çevreyi
biz ne olduğumuzdan
korkup bağırıp
çığırınca
coplar zehirli gazlar
ardından basınçlı sular
işledi maksemin ordan
su ki bir damlası bile azizdir
biz laikler için
çocukları alıp havada döndürüp
yere çalmaya başladı
o aziz su
korkmuş
buyruğa uymuş
hazır ola geçmiştik ki
kendini göstermeden
taksim alanı'ndaki heykelin
yerine dikilen
avm kulesinin tepesinden
seslendi gorgo:
ölümümü bekleyenler
avucunu yalasın
ölmeyeceğim
yüzyıllar sürse de

sizi değiştirene kadar
başınızdayım
bu iğrenç toplumu
istediğim biçimde
yoğurup
istediğim inanca
getirene kadar
ölmeyeceğim
her biriniz tek tek
benim biçtiğim
kısbeyi giyene kadar
yaşayacaksınız
ölmeyeceğim

zeyyat
insan küstah bir
yokluktur dedi

öte yandan
hava kararmaya başladığında
kent hışırdadı
"özgürkalmışbeyinler örgütü"
son bilgileri
gizlice asıyordu
ağaçlara
duvarlara
kapılara
yerlere:
oğlan çocuk satışları
yüz kat arttı
çocuk gelin satışları
rekor yaptı
kadın katilliği
aldı başını gitti
karısını öldüresiye
dövenler
öldürenler
ve tüm katiller
zengin oldu
"özgürkalmışbeyinler"
teker teker kurşunlandı
sağda solda kalanlar ise
gorgo'nun yeni bir buyruğuyla
insanların içini dinleyen
"unsur"la kuşatıldılar

bu "unsur" denilen şey de
aslında
hayalet gorgo'ydu

yuvarlak delik deşik
yumuşak
sünger topa benzeyen
ama
durmadan
diş gıcırdatan
leş gibi kokan
her yere sığan bir şey
her birimizin
bilinmez bir yerine sığdırıyordu
kendini
yastık kılıfına
uykuya
sutyenin dibine
saç arasına
kasıklara
koltuk altınızda
olduğu kadar
açık alanlara da
göze görünmeden
saklanabiliyordu
sokak
çatılar
köşe başları
yerlerin dibi
dip-bucak
kovuklar hep bu
"unsur"larla doluydu
bu "unsur"ların
varlığını
düşünmekten

onlara yakalanmama
planlarıyla yaşamaktan
yorgun düşmüş
ama
teslim olmamıştık
gorgo'ya

derken
gorgo'ya karşı çıkan
"özgürkalmışbeyinler"
adlı gizli örgütün
kılıç artıkları
ortaya çıkar oldu
sağda solda
bir görünüp bir yittiler
halkı aydınlatmaya
akılları başa toplamaya
birlik olmaya
çağırdılar herkesi

zeyyat
yakınmak bir âcizliktir
baskıya karşı
aslolan eylemdir
demeye başladı

azıcık ayılır gibi olmuştuk ki
birden
gorgo
gizli ordusunu
soktu devreye

ellerinde tüfekler
kelepçelerle geldiler
arkadaşlarımızı
yoldaşlarımızı, yakınlarımızı
katledip çekip gittiler
minicik yavrularımızı kapıp
kendi kamplarına götürdüler
oğlanları imam
kızları hafize yapacağız dediler
öldüremediklerini
bunlar terörist diyerek
zindana attılar
bu söylediğim dört yıl önce oldu
hâlâ oradalar
kimi ölüm orucuna yattı
tabutluklarda
ayakta
ölenlerin gövdelerini
akordeon olarak buldular
kimi de intihar etti
geri kalanlarsa delirdi
ama gorgo nuh dedi
peygamber demedi
bunlar deli değil
bana şantaj yapıyor dedi
onları da
hayırsızada'ya gönderdi
birkaç deli kaçmıştı ellerinden
gülüşüp söyleşirlerdi
sokaklarında
konstantinopolis'in

kalan sağlamlar da
deli taklidi yaparak
dolaşmaya başladılar
böylece
tarihin en şanlı
kentlerinden biri olan
vizantion'un
ikinci roma
şarki roma
konstantinopolis roması
imparatorluk şehri
megali polis
kali polis
olarak da anılan
üç yanından deniz
bir yanından karaya bağlı olan
ülkemizin
görkemli
bizantium'unun
sokaklarında
kalan deliler de
oğlancı mafyasıyla
fuhuş çetesinin eline düştü
ekmek almaya gittiğinizde
bir karartı belirirdi kapının dibinde
karıncalara dönüşmüş
çocuklar
amca açım
teyze bir ekmek al bana
bir mendil al benden teyze
bir kalem al teyze

bir simit alayım
iki gündür ağzıma lokma girmedi
bi simit nolurabla
dışarıya çıkmak
tehlikeli olmuştu
ali'yi de aldı içeri gorgo
kimseyle konuşmazdı ali
içi kan ağlıyor ama susuyordu
"unsur"

ispiyonladı
babaannem
bunaklaşmıştı biraz
git yavrum gezersin
dedi ali'ye
orası güzel yerdir
şanslıymışın bak
yoğurt yersin
kaymaklı dedi
meşhurdur
kaymaklı yoğurdu silivri'nin
ah kaymak kaymak kaymak
dedi
annem oğlumu vermem diye
kendini yere attı
ben annemi kaldırdım
nasıl geçineceğiz dedi annem
pandantifimi satarız
sen üzülme dedi
babaannem
ben de varım dedim

yarım ağızla
çalışmakta olduğum şirketten
atılacağımı biliyordum oysa
kurtarırız ali'yi sen merak etme
bu düzen böyle gitmez
iyiler kötüleri
her zaman yenmiştir
gene yenecektir
göreceksiniz dedim anneme
hemen ardından kapalıçarşı'da
babaannemin kuyumcusu
cemil bey'e
sudan ucuza sattım pandantifi

iyi kötü geçinmeye başladık
ben işte tam o sıralarda
aniden on yıl büyüdüm
koskoca kadın oldum
üstelik eşime âşık oldum
oldum da ne oldu
eşim
bu hercümerç içinde
ruhunu ablukaya almış olan tek felsefesiyle
*mutluyuz **mademoiselle*** diyordu durmaya
mutluluk odur ki biz bize yetmeliyiz
bütün gün
yol boyunca
çanakkale'ye doğru ilerlerken otobüsümüz
esirgemedi vaazlarını
"yalnızlık
koparılamaz biçimde düğümlermiş

aşk bağımızı"
vız gelirmiş bize gorgo'lar
zaten gorgo kansermiş
birkaç yıllık ömrü kalmış
o gidince
düğün dernek
maytap şenlik
havai fişeklerle donatacağız
ıstanbul'u
göreceksin
nakaratına inanarak
keyfi tuhaf tuhaf
yerine geldi
ama sol dudak kıyısı
burnuna doğru seyirir oldu
gorgo dedikçe

akşam içinde yatacağımız odayı gezdirirken bana
gene o sürprizle karşılaştım
"mutluluk odur ki biz bize yetmeliyiz" yazılı
sivilce akıntılarıyla dolu bir karton
astırmıştı başucumuza
sonra dönüp bana sarıldı kahkalar içinde
nasıl ama, nasıl ama ***mademoiselle*****!** diye...

~

sakın sevgili okurlarım
bütün bu saçma hayatı
kendimi acındırmak için
anlattığımı sanmayın
acımam ben kendime
sadece
yakınlaştırmayı isterim
varlığımı sizinkine
canciğer olmayı
nedenini bilemem
isterim işte tuhaf bir erkek nasıldır
bilin isterim

mutsuz bilincin kendisi
özbilincin bir başkasına
bakmasıdır unutma
dedi zeyyat

şu da var
bütün acılara karşın
hayat
içimize bir nota bırakır ya
en bitik günümüzde
direnme notasını
bir zarfa mı koyar
bir deniz çırpıntısıyla mı
savurur
yüzümüze
neşe üşüşür hayatımıza
birden
güç aşılar
iyi güçtür
baş eğdirmeyen
umut
altın kafesinden
çıkıverir
dolaşır tepemizde

bize bu direncin
tanrı tarafından sunulduğuna
günün birinde karşımıza çıktığında
gorgo'yu bile alt edeceğimize
inanmışızdır bilmeden

ve gizlice
gizlice çünkü
tanrı
inanç tanımaz bilirsiniz
akılsa
küstahtır yeterince
yenmeye yeminlidir gorgo'yu
ah ah insan aklı
ne güzeldir allahım!
hem küstah hem zavallıdır
bakın ki oyununa yaradanın
sivri burnu havaya kalkık
o koskoca kahverengi
ayakkabılar giyen şu
dayanılmaz yakışıklıyı
çıkararak karşıma
unutturarak gorgo'yu
bu tanrı kendisine sığınmamı istiyor
diye düşünsem de
korkmayın sığınmam
ona
çünkü
"korkmuş bilinç efendisine sığınır" felsefesini
tanrı değil
insan aklı bilir
her zaman asi olan
akıl

güneşin bulutları sıyırarak
dünyamı aydınlatmasını bekliyorum
camın arkasında
karşı dağlar kapkara
karanlık kuşlar
bir yerlere kona kalka
ışıtıyor karanlığı
ardından toplaşıp
yumak olup
uzaklaşıyorlar
bilmediğimiz o yere
dünyanın benimle
birlikte aydınlığı beklemesi de
çok anlamlı geliyor bu sabah
bunca kaostan sonra
insanları mutlu etmek için
gönderildiğimi sanıyorum dünyaya
sanmıyor inanıyorum
sevgililerimden biri
yüzünde erişemediğim
bir ışık var demişti
inanmıştım
kim
zeyyat
oysa
öncekiler
sen çatlaksın deyip çekip gittiler
hiç inanmadım onlara
öyleyse neden
yüzümde o ışık
var

aynaya koşardım
kaçardı beni görünce
ışık
olsun
güçlüyüm ben
yüzümün yarısı ötekine uymasa da
bir memem berikinden büyük olsa da
bir ayağım diğerinden kısa doğmuşsam da
bir omzum ötekinden alçak
gözümün biri mavi biri sarımsı olsa da
yeterim kendime kendim
ve ezberimdedir yaşam
küçüklerimi korumak
büyüklerimi saymak
bir de şu gorgo geberse
evet
toplum
layık olduğunu
geçirir başa
diyorlar
ama biz de varız
bizim layığımız nerede
bir de şu var bırak
vursun dibe
tiranlı köleli dünya
ne çırpınıp durursun
diyorlar
koyver
sen de
güle oynaya katıl
seni bekleyen

gorgo'lu hayata
hayat
ey hayat
iyi ki sana rastladım
bir azizeyim herhalde
he he heeey
bir azizesin
alıkoyamıyorsun
ruhunu
en yükseklerde
erişilemez olan o şeyi
yaratmaya
ruhunu aradıkça
yabancı bir başka ruhun
seni
bir yerlere
bilmediğin
yarı karanlık bir yerlere
sürüklediğini de

zeyyat
insan hiçbir zaman
kendisi değildir
olmamıştır
ve olamayacaktır
dedi

mutlu olmam gerekir
aslında
her şeyim var
nankör müyüm
yoksa ben
evet evet
nankör
düşünürüm
esin kaynağını
nankörlüğümün
iki bin yıldır
başıma
bir
efendi dikilsin
ona yaranayım diye
bekleşen
halkımız var ya
o yüzden
sevgili halkım benim
doğdum doğalı
neden hamdederler
şükrederler
beklerler
nasırlı çatlak parmakları
yorgun kararmış elleri
kirli kalın tırnakları
tabanları genişlemiş koca ayaklar
sırtlar kambur
dirsekler fırlamış
gömlekten
sipsivri

bir deri bir kemik
avuçlar açılmış göğe
iki bin yıldır
dilendiği
sadaka
inmemiş
gökyüzünden bir türlü
kaç gorgo görmüş
bu kubbenin altında
kaç kuşak kurban vermiş
gene de
bezmemiş
dilenmekten
sevgili halkım benim

doğaya bak
ayın bir noktası parıldıyor bulutta
dağlar uykuda
bahçe kararmış
uzaktan konuşmaya benzer sesler geliyor
insan sesleri
insan sesleri
ne konuşuyorlar
anlaşılmıyor
kim bilir
ne konuşur insanlar
tuhaf bir erkeği anlatacaktım size
daldım gittim gene

tuhaf bir erkek eşimdi
hakikati bulup
hakikatteki gerçekliği de bulup
gorgo'yu öldürmek
benimle mutlu bir hayat sürmekti
nedeni
evlendikten birkaç ay sonra
her şeyi unuttu

hakikatle gerçekliği, sahihle doğruyu,,, hakikatle yalanı,,, gorgo'yu öldürmeyi falan,,, sükûnete erdi kendi kendine,,, hiç dokunmadım ona,,, oh ne güzel,,, her şey yoluna giriyor derken,,, ani bir değişime uğradı,,, sabah oldu mu uçları yukarı kalkık o kahverengi deri papuçlar ayakta,,, koşarak bir tomar gazeteyle dönüyor,,, tümünün bilmecesini çözmeye çabalıyordu,,, bütün gün tüm zamanını gazete ya da dergi sayfasının üstüne kapanmış, konsantrasyonum bozuluyor diyerek bana konuşmayı, müziği, radyoyu, teybi yasak ederek geçiriyordu günlerini. ne leonard cohen'imi dinleyebiliyordum ne macar rapsodilerini, ne de beethoven'ımı,,, arada bir yerinden fırlayıp anasından kalan ve çok kıymetli olduğunu söylediği boyunları siyah kırmızı çizgili ve üzerinde sakallı bir adamın bir başka sakallıya sunduğu vazolara bir şey yapmış mıyım, diye denetimde bulunuyordu,,, vazolarda sakallılardan biri ötekine bir kâseyi özenle uzatmaktaydı,,, sanıyorum kâsede isa'nın kanı vardı,,, ama onu kaygılandıran o sakallılar gibi kâsenin içindeki kan değil,,, sadece kâsenin çatlayıp, kırılmak gibi bir uğursuzluğa uğrayıp uğramadığıydı,,, işte bu son oyalanmalardan sonra sıra bulmacalara gelirdi,,, artık iyice tuhaf olduğunu anlamıştım ama ne yapabilirim diye düşüncelerle boğuşuyordum,,, onu kurtarmak için ne yapabilirim

bünyamin hurşit,,, buydu değil mi adı,,, bulmaca döneminde,,, bulmacaya geçmeden önce tramplenden denize atlayacak bir yüzücü gibi,,, portakal rengi şortunu giyiyor,,, sivri burunlu 43 numara pabuçlar ayağında,,, iri baldırlarını sıkıp sıkıp koyveriyor,,, sonunda olduğu yerde eşiniyor,,, gövde dimdik,,, derin soluklar alıp vererek ciğerlerini şişiriyor,,, kemiklerini çatırdatan hareketlere başlıyor,,, başını sanki saçlarının arasında gezinen bir sinsi böceği düşürmek ister gibi silkeleyip,,, "bilmece bildirmece dil üstünden kaydırmaca!" diye haykırıp oturuyordu masaya,,, o günlerinde yemek yemek, konuşmak, gülmek,,, sevişmek çıkıp gitmişti aklından,,, öyle ki ben ona,,, gorgo cumhuriyet bayramını yasaklamış diyorum,,, o gorgo da kim oluyor,,, boş versene sen diyordu...

şimdi sadece bulmaca soruları vardı,,, sıra bulmacayı çözmeye geldiğinde sorun başlıyor,,, doğru sözcüğü bir türlü anımsayamıyor,,, en kolay sorularda bile afallıyor,,, evin içine dikilmiş kahverengi ayakkabılı bir ağaç gibi orta yerde mıhlanıyor bir elini bana uzatıp parmak ucunda tuttuğu minicik bir topu gösteriyordu sürekli,,, yorulmadan,,, arada bir öteki elini ağzına götürerek sus işareti yapıyordu yorulmadan,,, o küçük top ne demeye geliyordu,,, o ayakta duruş ne demekti bilemiyor susuyordum,,, sonunda onu seyretmekten bitkin düşmüş olan beni çağırıp sormaya başlıyordu soruları,,, bunu fark edince o daha bana yanaşmadan ben yatak odasına kaçıp elime başucu kitabımı alıyordum bu anlattığım sıralarda kitlesel katliamlar yaşanıyordu türkiye'de

daha eskiden başlamıştı kötülük,,, önce kürtlere tutturdulardı,,, aynı zamanda köy enstitülerini kapattılar, komünist yetiştiriyor diyerek,,, aslında da öyleydi ne zararı vardı ki komünistlerin,,, para istemezler,,, pul istemezler,,, eşitlik diye tutturmuşlar,,, yok illa da biz zengin siz fukara olacaksınız değil mi,,, kâfirler sizi işte bu yüzden seksen yıldır doğrultamadınız belinizi...

türkiye'yi bi yana bırakalım bir de burada yaşayanlar,,, onlardan biri olan ben varım değil mi,,, başucu kitabımın kapağında, *ibni sina'nın "kanun" ve davud-u antâkinin "tezkere" adlı kitaplarından iktibas edilerek tercüme edilmiştir* yazılıydı. ciddi bilimsel bir kitap sayılırdı ve içinde deliliğe karşı ilaç formüllerini de içeriyordu. eşimin belki de bana olan aşkından yavaş yavaş delirmekte olduğu geldi aklıma,,, çare arıyordum derdine,,, bugüne kadar okuduğum hiçbir kitapta böyle bir sapıtık görmemiştim; ne freud'un bilinçaltı, ne young'un bilinçdışı, ne levinas'ın, ne zizek'in, ne ricœur'ün, ne adorno'nun kitaplarından yararlanacak durum var ortada,,, böyle hastalara önce libido üzerinden bakılırsa da ben bunda öyle bir şey de sezemiyordum

olsa olsa tarihöncesi cinsel hayattan bu yana biriken tüm çelişkilerin modern insana yığılması olabilirdi bu durum diyordum içimden,,, mıknatıs gibi çekmişti bütün divaneliklerini tarihin üstüne,,, bir gün kapının dibine oturup yavaş yavaş kendini erittiğini ve orada sadece saçsız yabancı bir erkek başı kaldığını gördüm,,, bünyamin bu kafa senin mi, gövdeni ne yaptın? dedim,,, o kafa da yok oldu.

eşimi
harun'u tanıdığımda
tuhaf olduğunu
elbette bilemezdim
belki tuhaf da değildir
size nasıl gelecek bilemem
o yüzden anlatmalıyım size
her şeyi
ben sevda - o bünyamin harun
doğrusu adını tam olarak bilemedim bir türlü
hangisiyle seslensem
efendim derdi
akıllıydı canım
geç de olsa anladım
beni delirtmeye çalışıyordu
başardı mı bilemem
şimdi burada
bu eski manastırın bahçesindeyiz kurşit'le
bana saadet içinde yüzdüğümüzü
kanıtlayacak aklınca
derme çatma bir kır lokantası
lokanta deyişim de
başka bir sözcük bulamadığımdan
bizden başka müşterisi olmayan
ağaçlarla dolu koca bir arsa
içinde bir baraka
hem sahibi hem garsonu olduğu anlaşılan
bir garson
garsona adınız ne dedim
"aşim" dedi
bir geceliğine bir oda ayırmış bize hurşit

ne oteller gördük
kim
biz
üzerine çiçekler serpiliydi
açtığımızda
yatak örtüsünü
bembeyaz çarşafta
kıpkırmızı
gül yaprakları
zeyyat ve ben

birkaç kirli çıplak tahta masa ve sandalye var bahçede
üzerlerinde kurumuş pislikleri keyifli kuşların
aşim,
kırçıllaşmaya başlamış sakallarını sıvazlayarak dedi
"menüde var sadece tereyağında alabalık abası"
dönüp bir adım atmıştı ki pantolonunun aldığı biçimden
kısacık bacaklarının çasçarpıklığına bakakalmışken
gördü beni
kocaman uzayan kıpkırmızı dilini şaplatarak
kırmızı şarap da abası diye
koca kafasını sağa sola salladı

kıçı tabureye sığmazdı
şair o kadar yiyip içer mi derdi
zeyyat
kendi de içerdi
yemezdi
sığardı
tabureye
incecikti
şuna bak
şair olacak
nasıl da tıkınıyor
zeytinyağlı fasulyeyi
demişti
büyük bir kürt şairi için
kendisi de kürt'tü
ama kürt türk
ayrım tanımazdı
şaşırmıştım
kendisi de
zeytinyağlı fasulye severdi
ne tuhaf insanlar tanıdım ben
bilemezsiniz
ama şimdi ötekileri bırakalım
hurşit'i anlatıyorum sizlere

ne ki üzerimizi örten titrek kameriye
birden
yemyeşil salkımlarıyla
yeşile doyamayan halkımızdan biri olarak
beni de büyüledi
gerçi kameriye ha devrildi ha devrilecek
1.86 boyundaki eşim başını eğerek geçiyor altından
olsun gene de belli ki asırlık bir tavanın koruma-
sındayız
çevrede oraklar, tekerlekler, ekinler
küspeler, kurumuş çam gövdeleri
çöp adacıklarında tavuklar eşinmekte
başıboş keçiler buldukları her şeyi
benim oturduğum sandalyenin
bacağını bile kemirmekte
garson aşim omzuna atılı pis bir peçeteyi
"adilann! adi, başka çomak mi yok" diyerek kova-
lıyor
ama aldırmıyor hiç hayvanlar
alışmışlar peçetesine
aşim'in besbelli
halkımızın beyaz paçavralarla
mumyaladığı zeus sunağı
az ötemizde talihine küsük
beklemekte unutulacağı günü sabırsızlıkla
topal bir teyze
yeni bir paçavra sıkmakta kuru dalına
bense o an

bilincin her şeyini ortaya koyduğu ve
yok edilmeyi göze aldığı yerdeyim
nasıl bir yer orası bilemezsiniz
anlatamam
bazı insanlar
hep o noktadadır
örneğin orhan koçak
hep o
en yüce
sandığımız noktada
asılı kalmıştır
gırtlağında halat
bacaklar sallanmakta
akıl başta
yücelik
uydurmasıdır insanın aslında
neye göre
bilinmez
bir sanı
ben de öyleyim
canbazca
ilerlerken telin üstünde
ayağı kaymak
tek elle
asılı kalmak
telde

şimdi düşünüyorum da
her akşam içen
ve şişeyi açarken mutlaka
"mademki içiyoruz sevda'mıza içelim **mademoiselle!**"
tekerlemesiyle birlikte
cılız kahkalar atan
attıkça sevimsizleşen
eşim
manyak-ı cinnet-i inhitatiye
denilen hastalıktan mustaripti sanırım
bi tek o da değil
ikame-i ya rab denilen
megalomani
ayrıca
vaka-i vesvese ile de
maluldü bence
evlenir evlenmez düştü gözümden
amma iş işten geçmişti
yürütmeye çalıştım
tüm hıncımla
ailemizi
düşmana inat
zeyyat
kıs kıs
gülerdi halime
vesvese sanmayın
benimkisini
gorgo'yu anımsayın
hak verin bana
hakkaniyet duygusunun
yok olduğu günlerde olsak bile

hurşit miydi adı
her neyse
ne herküllüğü sarıyor beni
ne mübinliği şimdi
evet adını değiştirmiştim
bünyamin'di
her fırsatta azar işitiyorum densizden:
tuvaletin ışığını gene açık unutmuşun
çay demlenince altını kapat demiştim sana,
tabağını iyice sıyır, sıyır, sıyır!

bir başka huyu da, sokakta yürürken gözüne kestirdiği genç bir kız yanımızdan geçecek olsa, bana dönüp, "valla keyfin bilir **mademoiselle!** asıl karım değilsin ya!" demesi?! alık alık bunun ne demeye geldiğini çıkarmaya çalışırken genç kız kırıtarak yanımızdan geçip gitmiş olur bu da bana dönüp, "şaka şaka **mademoiselle!**" diye kahkasını atardı. kahka da denemez ya gülüşüne,,, bir ad bulamadım henüz o gülüşe...

c.ertesi anneleri
kaybedilen
oğullarının
kızlarının acısını
bekliyor
galatasaray'da
mekteb-i sultani'nin
muhkem
içeriye de dışarıya da
kimseyi sızdırmayan
olağanüstü
kültürümüzün
bekçi kapısının
dibinde oturarak

anlaşılan ite kaka götürdüğümüz
bir yılın sonunda
bir alabalık ziyafetiyle bağışlatacaktı
eşim bana kendini
"hazırlan bakalım
mademoiselle
meyhaneye
gidiyoruz" dedi
ne ki ben de için için
bu ziyafet sonunda başka bir şey
beklemekteyim
iyi bildiniz
küpeleri
evlilik armağanı
ki
unutturacak bana
geçirdiğim kasvetli günleri
eee eninde sonunda
ben de bir kadınım değil mi
bir memem berikinden
bir gözüm ötekinden
sağ ayağım soldakinden
olsa da kısa
çok güzelim
bimar-ı bimar denilen
hastalık hastalığıyla karışık
vaka-i vesvese ile
yaşamanın
bedeli
sigara yeşili dişleriyle
sırıtıyor durmadan

küpe mi aldı yoksa
takmamıştı evlenirken
ortaparmağıma bol gelen
anasının halkasından başka
hiçbir şey
zevcesine
bu melun
sivri burunlu pabuçları da var ya
onlarla
kaldırımda dolaşırken
bir gün
nasılsa kol kola
pera'da
kuyumcu diamenştayn'ın
vitrininin önüne çekti beni
alacağım sana şu küpeleri bir gün sana
evet alacağım göreceksin!
bir gün mutlaka
mutlaka mutlaka dedi
paylarcasına vitrini
söz verdi
apollon başı gibi ışık saçan
incili
damla elmas montürlü
bir çift küpeyi
uzun uzun seyrettirdi
bana
o gün bugün çıkmaz aklımdan
ve her çalışında kapının zili
karlı günlerde özellikle
geç kaldığında eve dönmeye

sivri burunlu kahverengi ayakkabıları
kara gömülü
bir ağaç

girmiş koluma
yansıyoruz vitrine
eğri büğrü
bir fırtına
küpeler küpeler
başladı gene
esmeye
kozkavuran, ülker
kocakarı, filizkıran
ismail ertürk ise
bu yakınmaları
hep iktisat bilmememe yorar
barkan'ı
inalcık'ı
ahmet güner sayar'ı okumamış biri
yazar olamaz der
ben de
iktisatçı da
iktisatçı olmayan
kadının derdinden
anlamaz derim
heh heh heh!
fekat
evet haklıyım
ziynet konusu mu
kadın olmayan anlayamaz
evet evet

bunca gorgo bataklığından sonra
bu ziynet konusuyla
ferahlık getireyim içinize biraz
sevgili okurlarım
yok unutmam
anlatacağım
o tuhaf erkeği size
ama ondan önce
kısa bir
itirafta daha bulunmalıyım
her ne kadar itiraflarımın
benim aleyhime olacağını bilsem de
yalan söyleyemeyecek kadar
ikame-i rab duygusuna
sahip olduğumu fark ettiniz mi

~

bastırma diyor freud
dürtüler diyor
dürtülerin uzaklık ve
çarpıtılmışlık durumu diyor
bastırmayla bilinçten
kurtulmuşluk diyor

bu sözler çok hoş ve derin
keşke ben söyleyebilseydim
freud'dan önce
ama şimdi itiraf ederim
(bu kaçıncı itiraf)
bende
bastırılamamış olan
en soylu
duygu elmastır
tarih boyunca aşkların en güzeli
imparatoriçelerin boynunda ışıldayan
kudreti
ret aşamasıyla asla
bastırılamayan
elmas
sanki ilk kez çırılçıplak olmuşsun
sevgilinin önünde
utanmayla karışık istek
birazdan hiç bilmediğin
ama heyecanla beklediğin
zevkler dünyasının eşiğinde
bir cariyesin

aptullah ve arkadaşları
toplandı
erdal eren'i
17'sinde katleden
cellat
saltanat sürüyor
bir gönüllü yok mu aramızda
alalım intikamımızı
gebertelim şunu
karar alındı
biri dedi ki
on binlerce ölümüz var
onların katilleri ne olacak
onlara da sıra gelecek
dedi öteki
şakir abi
bu işi bana bırakın
herkes işine dönsün
ben hallederim dedi
şakir abi de işsizdi

bense bir yandan böyleyken
kendisini değil
fotoğraflarını gördüğüm
kraliçelerin
taçları kolyeleri yüzük
ve küpeleriyle sarmaş dolaşım
evet evet kudret-i sabite
yok bu ayıbımı saklayamam sizden
kömür madenlerinde çalışan
emekçiler için
işçi sınıfı
proletarya diktatörlüğü için falan
değildir bu hırs
elmas için
elmas

bakınız kraliçe victoria
21 yaşında büyük aşkı prince albert'le evliliğinde günlüğüne yazar:
"(...) i wore my turkish diamond necklace and earrings (...)"
küpeler omuz kemiğine kadar sarkmaktadır
boynu da uzun bir beyazlıktır
victoria'nın
belki de
modigliani
hep victoria'nın boynunu çizmişti
onu tanımasa bile
örneğin 1598'lerde
katolik kraliçe
mary tudor'un takılarını gördüğümde

“table-cut” dedikleri kesimle donanmış pandantifi
sekiz parmağına
taktığı taşlar
–sadece ortaparmaklar boş bırakılmıştı–
başparmak dahil
sekiz parmak
donanmıştır
kestane büyüklüğünde
yüzüklerle
o çirkin kraliçenin
ben ondan güzelken

tudor'lardan yüzlerce yıl sonra
stephen zweig'ın hayatı
bizimkinden daha acıklı
diye düşündüm
yahudi'ydi
adını bilmediğimiz
acıklı yahudiler
biri de arkadaşım sami
bin beladan kaçmış
bir aileden kalmış bize
öyle sevimli ki
aileyi
yakmışlar
milyonlarcasını
yaktılar yahudiciklerin
unutmayalım
alevileri de
biz yaktık
sünni gorgo'lar
nasıl kudurmuşlardı
anımsayın
o fotoğrafı
merdivene oturmuş
uğur kaynak
behçet aysan
metin altıok
içlerinden sadece
üçü
o günü unutmayın
ötekiler
çoğunluk otuz üçü

içeride
görünmüyorlar bize
gülümseyerek bekliyorlar
birazdan gelecek
ülkemin sünni azraili
sıvas, çorum, kahramanmaraş
gazi, başbağlar
arkasında
kontrgerilla, abd, cia
bir de
osmanlı'nın gorgo'ları
osmanlı'nın
kanuni'si örneğin
ceddimizdir övündüğümüz
altmış binin
kör testeresi

evet kesmiştim ki
diamenştayn'dan umudumu
bağlayarak kirpiklerinin gölgesine eşimin
bu sürpriz partiyle
çınladı elmas çanları
küpelerimin
constantinopolis'in çanlarının
halk tarafından
işitilmesi ilk
bizans'ın el yapımı çanlarının
o pırlant umut
mavilikte sabahın pırıltısı
doldurması boş gözleri
boşluğun aydınlığını delerek
gelmişti eşimin
"bir gün mutlaka!" dediği gün!
derindeki varlık
gözlerini kapayarak
bekledi

ikinci bölüm

eşimin arkadaşı garson aşim –birinci kemanmış
kışın asmalımescit meyhanelerinde– bizi masa başında
iki kadehle bir saat baş başa bırakarak ve bekleterek
alabalık tabaklarını masaya bırakıp mutfak ve motel
olan o barakamsı yere dönmesiyle
ve bünyamin'in ıslığa başlamadan
"mutluluk odur ki biz bize yeteriz" teranesiyle ben
artık
bir eski vazoda unutulmuş
dikenli kuru gül
keşke diyen içimden
keşke
bununla olacağıma
katılsaydım yürüyüşlere
gorgo'ya karşı
onca aydır
eski çatlak bir vazoda
bu üstben
benim ötekim olarak

zeyyat dedi ki
sonsuzluk sonsuzdur
aklın alamayacağıdır
sonsuzluk

fekat
önüme konan balığa bakarken
ve bir çatal bile koymadan ağzıma henüz
birden
arılar
üşüştü tabağıma
sardılar
balıklarımın naçiz bedenini
birbirlerini ite kaka eze büze
sapsarı bir duman ki
kaldırdılar o naçiz bedeni ortadan
ama ne olursa
olsun
cumhuriyet
bir gün payidar olacaktır
korkmayınız
vız gelir eşekarıları bize
bu hortum
eşekarısı hortumu biçiminde
dalga dalga kabararak
tereyağında kızartılıp
yan yana uzamış
iki balık
anında
tabakta yatan iki iskelet
törenle kaldırıldılar
önümden
baş başa kaldığımda
boş tabakla
mazlum halkımızı anımsadım
emdikleri gibi kanını

onların
aklım başıma geldi yeniden
yok yere kurşunlanıp
dünyayı bilemeden
toprağa düşürülen
yüz binlerce
kürdü türkü
tek başıma ne yapabilirdim ben
bu vatan zaten
terkos suyuyla değil
kanla sulanmış
derler
sonu yok sızıldamanın
söyleyin
engin ceber
metin göktepe
hacı pişman
uğur mumcu
mehmede qulpî
glık meheme
eyno
mıho
mıstık
cewdo
kırêççi şiko
hemze
daha daha
binlercesi
wûqûat dolu
tombala
torbası

türkiye
tek başına olmaz
sıkı örgüt gerek
örgüt
örgüt
örgüt

~

bilgeliğe inanmam
hiç bilge görmedim
bilge olarak
kendimi icat ettim
kimsesizler mezarlığı da
dolu ağzına kadar
karşı çığlıkların
ayyuka çıktığı oradan
toprak altından
kendimi icat ettim
sokaklarda yürüyen biri
ne diyordu herakleitos zibidisi
bir insan çok iyi ise bin kişidir
inanayım mı
ben de bin kişi miyim

şakir ve 13 arkadaşı
yakalandılar
işkencede öldürüldüler
kapıları işaretlenmişti
öldürülecekleri belliydi
sağ kalanlar
protestoya katıldık
çoğumuz biber gazından zehirlendik
kimimiz hastanede öldük
kimimiz yolda
kimimiz sağ kaldık
kalanlar
sokağa çıktık
"tükenmeyiz ölmek ilen"
diye pankartlarla yürüdük
biber gazı tazyikli su
evlerimize kaçtık

tepemde büyük bir uğultuyla dönendiler
arılar
unsur'u peşime salmıştı
gorgo demek ki
anladım
yüzüme gözüme
saç diplerime
pike yapıp
intihara zorluyorlardı beni de
istiyorlardı benimle birlikte ölmek
belki de
ve nedense
zweig'la lotte gibi
heh heh heee

özgürlük istemi
kendi olmak istemi kadar
olanaksızdır
dedi zeyyat

can derdine düşmek nedir
öğrendim
"kurtarın beni, imdaaat!"
kimse koşmadı imdadıma
art arda gelen hortumlardan
kurtulmanın yoktu umarı
bünyamin hurşit şaşkın şaşkın
oturduğu yerden
kıpırdatmadan kıçını
seyrediyordu beni
aşim
kirden pisten kararmış kocaman bir peçeteyi
sallayıp sallayıp indiriyor kafama
"adi, adi, gitin ulan! gitin, gitin!.."
ama sürünün bir tekini bile koparamıyordu
başımdan

işte o an koşan
az ötedeki kendimi gördüm
masmavi
buz gibi suyu olan
derin mi derin göle atladık birlikte
dalabildiğim kadar daldım
abise
çıktığımda
suyun yüzünde
can çekişiyor buldum
arıları derken
yeni bir hortum
tepemde
gene daldım
dibe

her şeye kadir
allah mı insan mı
bıraksan öldürecekler besbelli
ne ki babacığım
yetiştirmişti beni
kuyruksuz denizkızı olarak
atıvermişti küçüksu sarayı'nın kıyısından
anaforlu denize
ben henüz memesiz donla
kıyıda ürkek beklerken
ardından da kendini
yüzemezsem kurtaracak
bekledi
yüzmeyi
nefes alıp vermeyi
dalmayı
çıkmayı
öğretmişti
küçücükken
mekânı cennet olsun
inanmasam da
cennete cehenneme
sualtında dakikalarca
kalabilirim şimdi
bu yaşta bile
yani doksan iki'mdeyim şimdi
işte
üç gorgo
hortumunu da yendim böylece
üçünü de döktüm denize
yunanlılar gibi
benimkiler döküldüler göle

baba kız kutsal ruh haliyle
he he heeee
son kez
dışarıdan hücuma hazırlanan
yeni bir eşekarısı hortumunu ise
aiolos'un ters rüzgârıyla dolu
bilinmez bir tulumun açılması
hüüüpp diye
çekti doldurdu içine
orada
lokanta dediğimiz yer
ölü eşekarısı kırpıntılarıyla
kaplandı böylece
sudan çıktığımda yüze
peyzaj buydu
baktım ki hurşit
hiç kıpırdamamış yerinden
ben hayatımda
tuhaf bir erkek görmemişim
eşim oturup seyretmekte beni
dedim
aşim uzattı elini
gölün kıyısından
yukarıya
o çekti
beni
yarı baygın çöktüm toprağa
balkonunda yıllardır oturup
gölü seyreden
yaşlı bir adam gibi
seyre daldım
gölü
kururkene

ben size eşekarısı dedim ama

aşim,

(yaşıyorsa allah her işini rast getirsin öldüyse ışıklar içinde yatsın, nasıl oluyorsa toprağın dibinde yatmak ışıklar içinde)

bunların eşekarısı değil, eşekarısı maskesi takmış "operacı ölüm arıları" olduğunu ve müzik sesine dayanamadıklarını söyledi

"bu yüzden buraa radyo bile açmazız biz" dedi sırıtarak

müzik dediği eşimin keyfe gelip ıslıkla çaldığı

o zamanlar yeni moda olan tarkan'ın

"oynama şikidimşikidim" şarkısıydı

aşim'e göre, bu yüzden eşime hiç dokunmamıştı bu "ölümcül operacılar"

aslına bakarsanız bu olay p. ricœur'e göre:

"(...) bastırılmış olanın ve bastıranın maskesini düşürmekten çok maskelerin ardındakinin görülmesini sağlamak ve

göstergeler arasındaki gönderme işleyişini açığa çıkarmak (...)"*mış

---

* p. ricœur, *yoruma dair - freud ve felsefe*, çev: necmiye alpay, metis yayınları, 2007.

aslında
bastırma
kaçışla
ret arasında
bir aşamadır
dedi zeyyat

ne var ki bir ceset gibi,,, evet cansız,,, koltuğa yığılıp kaldığında bile akşamları eşim,,, kakılıydı üstüme yarı aralık gözkapakları,,, "sakın o vazoya değme annemin anısıdır o,,, o köşedeki amfora antikadır ha!.."

eşimin
gölün kıyısında
yarı baygın kuruyan bana
"bu gorgo seni bırakmayacak öldürene kadar" diye
keyfe geldiğini
görünce
onu şu minik göle
atıvermek geldi içimden
yüzmeyi de bilmezdi
tam sırasıydı ama
yapamadım
korktum
o konuştu
tıpkı hani anlatmıştın ya dedi
bir gençlik arkadaşın adı ece mi neydi
kötülük tanrıçası derdin
girer rüyalarına
kâbus-u düşsel hani
her boyaya giriyor
ateş, su, hava derken
şimdi de
arı oldu ha
hahaaay ne dersin dedi
gülüşü yukardan aşağı
ufalanarak inen
deprem toprağının
uğultusuydu sanki

kendime gelince yeniden alabalık istedim garsondan.

başka balık kalmadığını, bugün bizim için dört balık satın aldığını şimdi de artık sahile inse bile balık bulmanın olanaksızlığını sıkılarak anlattı, "getirim sana zeytin ekmek, biraz da marmara abası?" dedi.

eşimse, "ben sana demiştim bu emprime elbiseyi giyme çiçek tarhı sandı eşekarıları seni ***mademoiselle***! neyse neyse ucuz atlattık!" diyerek balığına yumuldu

ölümden dönmüş, korkudan eli ayağı buz kesmiş aç bir eş olarak ilgi ve balık beklerken ben

evet ben o zamana kadar

tuhaf bir erkek nasıl olur hiç bilmezdim

o gün arılar gibi oldum

bardağıma yapışıp kalmış arı ölülerini aşim'e gösterdim. koştu bir bardak dolusu marmara koydu önüme,,, eşime baka baka yudumlamaya koyuldum. her yudumda zihnimin açıldığını ve iştahla balığın kemik aralarında ufantılaşmış parçacıkları bir kenara yığıp sonra tümünü birden yutmaya hazırlanan eşimi eşekarısı hortumu olarak görmeye başladım motosikletin üzerine oturmuş bir kızıl mont sırtında kara yazılar. etmişti tüm mahalle kızlarını âşık kendine; ben de onlardan biriydim işte; düğünlere orgunu taşımadığı günlerde... org taşınır mı demeyin ufak boy bir şeymiş ve tüy gibi hafifmiş bu org; kaldırır vururmuş sırtına onu pazar hamalları gibi hiç ıkınıp sıkınmadan, indirirken de yere evde yardım istemeden benden, sıyırıverirmiş sırtından kutuyu sürermiş karyolamızın altına her seferinde, (sakın ha elini süreyim deme ona ***mademoiselle*** külahları değişiriz sonra ha!) demesi...

artık, "dedim sana,,, düşünüyorum şimdi,,, gorgo'dan sonra dedik ya!" demelerinden usanmış, anlamıştım çözülemeyeceğini bu "isis'in düğümü"nün,,, işte tam o noktada bu kutlamayı çıkardı karşıma sonunda bir gün sandığı ve aşkımızı ancak vakti geldiğinde açacağını bildirdi ve "beklemeye aldım aşkımızı ta ki gorgo yeryüzünden kalkana kadar ısrar etme" dedi. ben de "nasıl istersen aşkım dedim, gorgo'nun ölümünü de beklerim"

ilk aylar isterdi evde kalmak sevişmek arada bir; istemez oldu onu da artık,,, kahverengi sivri burun pabuçlar hep ayağında,,, ille de çıkararak beni üstüne, uzun uzun "at bin" oturmaktan ayrılmıştı birbirinden bacaklarım,,, evlenince erkeklerin hep böyle tuhaflaşacağını düşünür olmuştum artık,,, kimi görsem acaba o da karısına bunu mu yaptırıyor diye düşünüyor ama karılara soramıyordum utancımdan,,, aşkımızsa,,, haliç'in ölü sularında,,, kavruk bir sonbahar yaprağı,,, suyun üstünde kalakalmış,,, ufak bir çırpıntıda battı batacak bir kayıkçık kâğıttan

"özgürkalmışbeyinler örgütü"
anında
"faşist gorgo istifa"
yürüyüşü gerçekleştirdi
polis çatışmada
tazyikli su biber gazı
ölen ve yaralananlar oldu
biz kurtulduk gene
ama dağıldık
bu çatışmalar
özgürlük adına
son ısrarımızdı bizim
varlığımızın tek umuduydu
evet ben de bir ara
özgürkalmışbeyinler örgütü'ndeydim
biz azaldık
karşımızdakiler çoğaldı
insanlarımız neden
bu kadar çabuk değişiyor
gorgolaşıyorlardı
anlayamadık

ne arar bilmem burada
böyle gelir
oturur
sıkılır
hep sıkılır
dilsiz olamaz
sanmam
kim bu
bilemem
konuşmaz
ama bambaşka sıkılır
böyle dolaşır
durmadan dolaşır
kim acaba
sıkıntı

bünyamin sevgilim
şu karşımda balık yiyen
tuhaf adam
bir zamanlar isa'yı omzundan düşürmeden
karşı kıyıya atan
ermiş christopher'ımdı benim
canavar'ın ağzından
sevgilisini kurtarmak için
canını esirgemeyen
kapadokyalı george'umdu
python'u elleriyle yenen
oklarıyla kyklops'ları yok eden apollon'um
dünyalar güzeli adonis'imdi
ben de onun
köpüklerden yaratılmış aşk tanrıçası aphrodite'yi
biricik ***mademoiselle***'i
şu anda yutmaktaydı
balık kırpıntılarını
ve kaçırarak gözlerini
benim argos gözlerimden sürekli
garson aşim'in söylediklerini geçirdim aklımdan
(garson ki solmuş, mavi gömleği ve yırtık pırtık kot pantolonunun içinde hayali fener gibi dolaşan esrar esmeri, gençten bir kıpti, kış geldiğinde ıstanbul'a döner, dansöz oynatan ucuz beyoğlu meyhanelerinde, birinci keman çalar, yüzü kirli kireç beyazı, çok da genç ama çok yaşamaz bence)

bu arı hortumunun geçen hafta bunun yarısı kadar bir mangayla bir genç çifte musallat olduğunu ve onların ikisini birden hastanelik ettiğini açıkladıktan sonra,,, "karı öldü, herif ölümden döndü!" dedi! "ben de ölebilirdim?" dedim. eşim "gorgo'lara yedirir miyim ben seni ***mademoiselle***!" demez mi...

"sen mi! asıl benim peçetem!?" diye karşı çıktı bumin'e birinci aşim, ondaan! dedi. "bak onu eczacının verdiği arı zehrine banıyorum ondan çektiler mortayı!" dedi,,, "iştee!" dedi, "kokla bak inanmasan," peçeteyi burnuna uzattı kurtiş'in aşim

"bir de senin çığırmandan çektiler mortayı abası onlar; müziğin şiddetinden abam?" dedi, "gelemez onlar tiz tonlara! bak ölünce nasıl da düştü maskeleri!"

baktım arı kabukları içleri bomboş; maskeden öte bir şey görünmüyor yerlerde.

ey ölüm, hani senin zehirin?
ey mezar, nerde senin zaferin?

ida dağlarının başında
zeus'un tüm zamanlarda
karı kız demeden
peşinde avlandığı oralarda
tepemizden
asma memelerinin
nazlı nazlı sallandığı
incir ballarının
meyvelerin üzerinden
çıtırdayarak aktığı
zeytinlerin
serin çağla rengi yaprakları arasında
kehribar damlası gibi ışıldadığı
o sıcak günde
anason, sakız, terementi,

çıra, reçine, kekik kokusundan oluşmuş
bir bulutun itkisiyle koynuna girmeye doğru
sürüklendiğim adama yeniden yeniden yeniden baktım
bu yakışıklı mı yakışıklı
düğün çalgıcısı zürşit'i istemiyordum artık
o
karşısındakinin aklından geçenlerden habersiz
balığın başında kalmış bi kıymık eti didiklemekteyken
okuyordum içimden
onunla geçen bir yılımı
çingenepembesi renginde
bir hizmetçi romanı okur gibi
satmasıyla motosikletini
yaşlanması bir olan bu tuhaf erkeği
çevikliği, şenliği, penisi motosikletiyle birlikte
sırra kadem basan
nasıl da kırmızı montunu
içinde ne olduğunu söylemediği
edirne işi ufak bir sandığa kilitlemişti
anasından kalma
nasıl da saklamıştı anahtarlarını benden
montu sandığa kilitlediği gibi,,, nasıl da her şeyin ağzını sımsıkı kapatır olmuştu,,, nasıl da kavanozları, pirinç, şeker, un, makarna paketlerini bir telle boğazlarından sımsıkı boğdu,,, böyle sıkma paketleri açmakta çok zorlanıyorum,,, neden sımsıkı kapatıyorsun her şeyi dememe karşın
bu kez açık pencere, aralık kapı bırakmadığını
dolapları, kilitlediğini

dikiş kutusunu bile
sımsıkı bandajlamasını
seyrediyordum
ne kadar budala olmalıyım ki
hâlâ bunun tuhaf
tuhaftan da öte bir adam
olduğunu fark edememiştim
ya da etmiş ama inanmamışım
derler ya
gözlerime inanamadım
tuhaf bir erkeğim

yapışkan sünger şeritlerle cam kıyılarını da ele geçirdikten bir süre sonra artık,,, içeri hiç hava sokmaz olduğunu da anlayınca ve üstelik,,, koca bir yıldan sonra hâlâ küpesiz bırakılmış bir kadın olarak öyleyse bende senden de çok inat var, diyerek içimden onun o güçlü ağaç bedenine uyduruk cilvelerle yaklaşmak istediğimde hiddete dönen bir sesle,,, olmaz! dokunma bana! gorgo ölmeden olmaz! demedim mi sana ha diye öfkelendi

yalnız ondan önce acıklı bir anımı daha anlatmadan duramayacağım sizlere sevgili okurlarım

ille de bana hak vermenizi sağlamak,,, giderek bana daha çok merhamet duymanız için değil,,, hiç tanımadığım sizlerin merhametinden bir umduğum yok elbette,,,

ah!.. çıkarsız bir cömertlik benimkisi işte
ben hep böyleyimdir
karşılıksız veririm
ayrıca
aranızda böyle bir hayatı yaşayan
olmadığından da adım gibi eminim
hangi nedenlerle herkesin bilmesini istemekteyim bu tuhaf ve bayağı ilişkiyi bilmiyorum

belki de benim değil sizin bildiğiniz yüce bir felsefenin işareti olan bu başka hayatı siz değerlendirirsiniz,,, onu da bilemem,,, size bırakıyorum yorumu şimdi,,, belki de olan biten:

"bir fikri, içinde sakladığı duyulmadık anlamı serbest bırakan bir patlama noktasına taşımak üzere süblime etmektir," levinas'ın dediği gibi

ya da

zizek'in "yamuk bakmak" kitabının dördüncü bölümünde söz ettiği, "... féticiste je sais bien, mais quand même..." yarılmasının,,, olduğu görülecektir dediği şeydir,,,

bir gün... biraz tereddüt ediyorum bunu anlatmakta fekat,,, evet evet mutlaka sizinle paylaşmalıyım o günü,,, zaten senlibenli olduk sizlerle,,, kimseden saklayacak bir şeyim kalmadı benim.

o gün, "ne düşünüyorsun böyle derinden aşkım benim,,, belki yardımcı olabilirim sana,,, bak günler, aylar, yıllar geçiyor sen bana hâlâ geleceksin!" diye sokulduğumda kucağına açıldı biraz ve dedi ki:

"dünyayı düşünüyorum, bu dünya nasıl yaşanacak? savaşlar nasıl durdurulacak? insanlar ne zaman insan olacak? gorgo'yu kim yok edecek, bu iş sonunda bana kalacak..."

o kadarla da kalmadı:

"dünyada gerçek var mı? doğru var mı? iyi var mı? gerçekle hakikat, hakikatle doğruluk, doğrulukla sahihlik, iyilikle kötülük arasında ne fark olduğunu düşünüyorum?! bunları bulmaya mecburum! bunları anlayamazsam ve gorgo'yu yok edemezsem sevişemem ki!" dedi.

dondum kaldım!

meğer ben onu öyle yavan düşüncelerle kötülerken sizlere ne yüce düşüncelerle boğuşmaktaymış sevgilim benim,,, sarıldım ellerine öpüp başıma koydum. ben onun bu dünyaya ait hiçbir düşüncesi olamaz sanıyordum,,, ama demiştim ya,,, bu dünyada böyle tuhaf insanların olduğunu da bilemezdim,,, bence kimse de bilemezdi...

ey insan, işte senin zaferin
ey zafer, hani senin zehirin?

diyerek şaşırmış,,, evet,,, asla böyle bir yanıt beklemiyordum ondan,,, giderek bu çatlaktan böyle laf çıkmaz sanıyordum,,, evet ne saklayayım sizden,,, onu özürlü biri olarak görmekteydim,,, zekâ özürlü,,, haksızlık mı etmiştim sevgilime diye düşündüm! çünkü ben bu dünyada haksızlık edenleri kargışlayan biriyim,,, ne diyeceğimi bilemedim,,, ne ki benim çözemeyeceğim iyice meşum ya da üstün bir akılla çarpıldığını anlamıştım bünyamin'in,,, öyle olmasa uyanır uyanmaz o sivri burunlu kahverengi ayakkabıları geçirir miydi ayaklarına hayranlıkla,,, ama aşkım,,, diye konuştum tüylerim diken diken,,, yazık değil mi ayaklarına,,, yani bize? canikocuğum benim,,, bunlar çok ağır düşünceler kimsenin bilemeyeceği,,, kimse bunları bilerek yaşamıyor ki? belki bizim caminin imamı bilir,,, yok yok en iyisi ezekiel'e sorarız,,, bu adamlar akil adamlardır,,, tanımadıkları bir allah'tır,,, istersen dayıya rica ederiz, aşkımızı kem gözden koruması için yalvarırız ona,,, tavus kuşu kanadını bizim yatak odasının tavanına çizsin,,, boyasın yüz çakır gözlü tavus kanadını,,, işlemesin bize asla nazar ölesiye he?

"sen aklını mı oynattın dayı ölmüştü ya unuttun mu!" dedi birden,,,

demek ki deli değildi sevgilim,,, aklındaydı her şey,,, şaka ediyorum canikocuğum güldürmek için seni,,, unutur muyum hiç,,, fakat bence sen bu çaresiz düşünceleri unut gitsin hele gorgo'yu,,, onunla başa çıkamayız biz,,, onu öldürsen de yerine başka gorgo geliverir,,, neden kendini yoruyorsun,,, bırak felsefeciler düşünsün bütün bunları,,, ah,,, hayatın anlamı ne kadar da karmaşık,,, boş verelim,,, başkaları o derin düşüncelerle perişan olurken biz tadını çıkarmaya bakalım günümüzün he canım,,, aç sandığı çıkar montunu uçup gidelim fenerden kalkıp rumelihisarı'na gene, he canım,,, dememle, o da benden bu sözleri işitmeyi bekliyormuş gibi hemen, "olur!" dedi ve ben sandığı açacak diye beklerken "haklısın hadi gel!" diyerek çekiverdi üstüne beni! hay söylemez olaydım, hayatımın birkaç ayı da böylece çalındı gitti doymak bilmez bir kösnüye boğulmuştu bu kez de çok geçmeden gene ayakkabılarıyla dikildi orta yere,,, fakat işte artık elime geçen bu kitaptaki formülle şifa bulması çok kolay olacaktı,,, sevgilimi iyi etmek şimdi benim elimdeydi,,, içim içimi yiyordu helecandan...

~

sözünü ettiğim kitapta "kafa, böbrek, delilik ve ilacı" maddesinde bu üç hastalık için aynı ilaç öneriliyordu... 3 gr özerklik tohumu, 75 gr pekmezle kaynatılacak bu çay, 7 gün birer bardak içilecekti. ancak eşimi bunu içmeye özendirmenin yolunu bulmam gerekti. ben de her akşam marmara şarabı sona erince karşısına geçip höpürdeterek delilik çayını içiyordum. çayı içiyor ve sağlığımın ne denli düzeldiğini, kendisini her gün daha da çok sevdiğimi, ruhumun ne denli hafiflediğini çıtlatıyordum ona!. sonunda bir gece ver bakalım bana da dedi, bir yudum içti ve "sen delirmışin ***mademoiselle***! bu içilir mi?!"diye yüzünü yirmi yıl ileriye alarak kendini aç kalmış bir çakala benzetti,,, yılmadım,,, bulmaca çözmekte yararlı olacağı kandırmacasıyla bir başka formül denedim:

bu kez, karabaşotu kaynatılarak içilecekti. bu zekâyı açıyor ve belleği güçlendiriyordu. onu ve evliliğimizi bu yolla kurtarabilirdim. bir süre de o çayı içerek onu özendirmeye giriştimse şöyle bir yan gözle baktı geçti,,, şeytan diyordu ki kodin'in anasına yaptığı gibi, o uyurken kulağından ağzından burnundan dök içeri şu kaynar çayı,,, birden korktum kendimden,,, sakın bu çaylar onu değil beni delirtmiş olmasın,,, ya da ben çaylardan çok önce de deliydim,,, bu kadar onu iyi etme ısrar-ı sabit,,, yani yeni adıyla "obsessive compulsive bozukluk" da ne demek oluyordu,,, evet evet, deli olan belki de bendim,,, gene de bu delilik ilaçlarıyla zihnim olağanüstü açılmış ve zindeliğim eskisine göre birkaç kat artmıştı,,, yüreğimi yarıp özgürlüğe kavuşmak isteyen öteki benin uğultusu dolaşıyordu ortalıkta,,, anlatılamaz bir coşku ele geçirmiştim,,, koyvermek istemiyordum,,, bu durumda insanlardan saklanır olmuştum,,, eşime gelince ondan hiç korkum kalmadığından her çözemediği bilmeceyi sorduğunda,,, kahkalar atıyordum arsızca,,,. yanıtları biliyorum ama söylemem diyordum,,, pusuda sinsi bir sırtlan ben,,, uzun uzun avımı süzüyor üstüne sıçrayıp yüzünü gözünü tırmıklamak istiyor ama tutuyordum kendimi,,, ona "biliyorum yanıtı, biliyorum ama sana söylemeyeceğim,,, bul kendin bul da görelim bakalım,,, içseydin o çayları sen de benim gibi bulurdun yanıtı hemen,,, şimdi benim bilemeyeceğim hiçbir şey yok,,, ama yağma yoook,,, söylemeyeceğim sana," diyordum sakince dinliyordu beni,,, oflayıp pufluyor arada bir merhametimi uyandırmak için sevişirken yaptığı gibi gözlerimi tarıyor yüzünü bebeksileştiriyordu,,, yooo kurnazlık yok, iç çayı bul bilmeceyi diyordum,,, içemiyorum işte ne olur söylesen, dedi bir gece,,, küstü,,, babamınkiler gibi yeşil beyaz boyuna çizgili pijamalarını giyip yattı,,, gözünü tavana dikip sabah olmasını bekledi,,, acır da söylerim sanıyordu yanıtı,,, heh heh heeh,,, söylemedim işte...

haftalarca bilemediği bilmeceleri çözme inadını sürdürdü ben de o çayı içseydin çözebilirdin deme inadımı,,, uykusuzluktan aklı öylesine kaçmıştı ki, "org" sorusunu bile bulamıyordu. soru şöyleydi: "körüklü, irili ufaklı borulardan geçen havayla değişik ses tonları veren klavyeli çalgı?"

o gün sırtüstü sedire uzandı,,, tam karşı duvardaki saate gözünü dikti,,, bir saate bir bana baktı durdu,,, sonunda bana "söylemeyecek misin yani?" dedi,,, dudaklarımı hırsla birbirine yapıştırıp başımı sağa sola sallarken "ıımıhg!" sesi çıkardım,,, yalvarmaya başlayınca dayanamayıp "kendin bulmalısın düşün, sen çocukken başlamışsın çalmaya hani onu!" dedim. anlamadı baktı,,, "hani kilisede bulunan! dedim,,, gene baktı,,, hani yatağın altında durur,,, dememle yerinden kalktı yatağın altına baktı,,, ben de koştum sırtına sıçradım, "org be eşek herif ooorg!" diye gırtlağını sıktım kâfirin,,, boğamadımsa da epeyi tırmıkladım yüzünü gözünü kanattım,,, silkeledi düşürdü yere beni,,, sükûnetini bozmadan, "haaa! o mu? irili ufaklı lafı yanlış bir kere! dedi,,, irili ufaklı çakıl taşları için kullanılır aslında, çakıl taşları için değil mi? böyle bilmece mi olur, çözmeyeceğim bir daha, aptal herifler!" dedi işte o gün karar verdim onu öldürmeye,,, şu budalayı zehirlemeli ya da alıp başımı kaçmalıydım,,, ancak kendi deliliğimden de şüphe etmeye başlamıştım biraz,,, korktum,,, bir de,,, acaba acıyor muydum biraz ona,,, ne dersiniz bilmem ki,,, ne olsa ilk göz ağrılarımdandı değil mi,,, zeyyat'tan sonra tabii, seviyor bile olabilirim biraz onu,,, insan anlaşılabilir değildir ki,,, her sevgi de birbirine benzemez,,, devası yoktu bu işin,,, insan kitapların yazdığına da benzemiyordu,,, birbirine âşık bir çift tanıyorum,,, arada bir gelir bende kalırlardı,,, dövüşlerinden uyuyamazdım,,, sabaha karşı kadın adamı döverek sokağa atmış olurdu,,, akşam olunca koşar asmalımescit meyhanelerini tek tek arar alır gelir yanağını yanağına yapıştırır öper dururdu adamı,,, gece yeniden başlardı bu oyun,,, evet evet,,, bazı aşk romanlarının etkisinde kaldığım için kendime deli demiş bile olabilirdim,,, giderek romanlarda olmayan tuhaf bir aşk yaşayayım diye de onu seçmiş olabilirim,,, demonik biri olamaz mıyım ben,,, başkalarını masum olduğuna inandırmaya çalışan o sefillerden biri,,, aşkı ölümle anlatan kitaplar okumuşuzdur hepimiz,,, yok yok,,, aslında deli olmadığımdan eminim,,, deli olsam böyle bir hikâyeyi yazıp kandırabilir miyim sizleri,,, ama kandırmıyorum ki,,, anlattıklarım baştan kahverengi ayakkabının burnuna kadar doğru,,, ah şu eski romanlar aldattılar hepimizi,,, romanlar,,, filmler,,, anlatılar,,, tanrım bir hayatı yalanlarla boşuna mı geçirdik biz!.. unutun her şeyi,,, tüm bildiklerinizi unutun,,, benim anlattıklarıma inanın sadece…

ey zafer, işte senin ölümün
ey zehir, işte senin mezarın

insanın yüceliğini engelleyen onca entrikayla yetişmiş insana inanılır mıydı,,, insan kandırılmıştı,,, pespayeleştirilmişti,,, bütün suç emperyalizmin kapitalizminde miydi yani,,, öyleyse insanlar ne zavallı bir dünyayla boğuşmaktaydılar,,, yok yok deli değildim ben,,, görüyorsunuz ya ne akıllı sorular yöneltiyorum size,,, ama neden kovup ayrılmıyordum eşimden hâlâ,,, kendi kendine yaşayamayacağına dair bir kabul yok değil zihnimde,,, elbette bu da uyduruk bir şey,,, o bensiz yapamaz,,, belki de tam tersi,,, ben onsuz yapamam,,, işte bu,,, ne ürpertici bir gerçek sevgili okurlarım,,, düşünebiliyor musunuz,,, ben bünyamin'siz yapamaz mışım,,, elbette öyleydi,,, evet evet aslında bendim onsuz kalamayan,,, gereksiz unsurlarla kaplı dünya,,, bir kitsch,,, peki,,, ya sandığın açılmasıyla içinden çıkacakların gerçekliğine ne diyeceksiniz,,, birlikte bir gün bizi maziye bağlayan o kırmızı mont,,, yanı sıra damla küpeler?..

zeyyat dedi ki:
her hainde
türlü türlü rezillik
eğilimi vardır

son kez ağır felsefi bir öneri koydu önüme hurtiş,,, "beklentisiz olmalıymış hayat; başarısızlığın ve yoksulluğun verdiği hazzı ve özgürlüğü tatmalıymışız birlikte koparak kendimizi bu tüketim toplumunun keneliğinden!

"aaaaa,,, elbette sevgilim" dedim,,, "mutlaka kopmalıyız kenesel tüketimden ama biz zaten seninle hep yüzmüyor muyuz o hazzın sihirli kederinde?! bak ne kadar mutluyuz? gorgo bile vız geliyor bize,,," inanırdı mutlu olduğumuza sanki,,, evet evet gerçekten inanırdı,,, yayılırdı o ahretlik tebessüm suratına, rahatlardı,,, mıhlanırdı eve büsbütün,,, anasından kalan vazolara duvardaki çeşitli fotoğraflara bakarak dolaşırdı evi tekrar tekrar,,, hele anasıyla babasının baş başa çektirdiği,,, ananın karnı burnunda,,, hamile hurşit'e,,, mutlulukla gülümsediği o fotoğrafa,,, kadın dişlekti,,, dudakları kapatamıyordu dişlerini,,, gözleri de camla örtülü kısa bir çizgi,,, yüz ablak,,, sol kolunu yanındaki sandalyede oturan kocanın boynundan kilim gibi sarkıtmıştı,,, baba da kısacık boylu kadife donlu, bacaklar yere değmiyor,,, bu ana babadan bu kadar güzel bir çocuk nasıl doğmuştu,,, mutlak kadın bunu bir başkasından peydahlamıştı,,, ama soramazsın ki,,, öfff,,, bu hayat benim hayatım değildi,,, beni yaşatan başka bir ortam olmalıydı,,, başka bir dil,,, başka bir ülke,,, başka insanlar,,, burası şarlatanlarla dolu bir magazindi,,, aç aç seyret,,, var olanı kabul etme durumuna zorladılar hepimizi,,, beni de,,, yok bana asla kabul ettiremezler bunu...

bütün bu sahneler o, "operacı ölüm arıları" gibi üşüştü beynime. geleceğin budalaca vaatlerden öte bir şey görünmeyen ufkuyla yüz yüze kaldığımı anladığım şu anda, çantamı kaptığım gibi kalktım

bu dünyadan
vicdan rahatlığıyla
öte dünyaya giden
kimse yoktur
dedi zeyyat

gidişimle birden uyandı bünyamin,,, ardından yer gök korkunç bir titremeyle sarsıldı,,, ağaçların yaprakları yere yığıldı,,, ağzından dişleri çıkıp uzadı bana doğru,,, ve üstünde durduğumuz toprak ve altında bulunduğumuz kameriye sarsılmaya başladı,,, öyle ki bir an içinde çevredeki aslanların kaplanların suaygırlarıyla birlikte kaçıştıklarını görür gibi oldum, maymunlar incir gibi pat pat pat yere düştüler, keçiler serildi, baraka yerle bir oldu, aşim ağaçların arasında bağıra çağıra koşuyordu tepelere doğru,,, ben de can havliyle aşağıya, kameriyeden dışarıya attım kendimi, yokuş aşağı kıyıya doğru toz toprak içinde düşe kalka koşmaya başladım

son gördüğüm manzara çardağın başına yıkıldığıydı bünyamin'in. gene de iskemlesiyle birlikte devrildiği yerden böğürüyordu,,, ne kadar âşıkmış bana diye düşündüm he he heeh!

peçekuş manastırı'ndan aşağı deniz kenarına, hayatın vızır vızır işlediği ana caddeye inip ardımdan kimsenin gelmediğini güvende olduğumu anladığımda; kalbim yatışmaya başladı,,, lekesiz göğe baktım,,, hafifçe kırmızılaşıyordu,,, mavi kalkışıyor yatışıyor gene kalkışıyor ama baş eğiyordu artık kırmızıya,,, bambaşka biriyim dedim kendime,,, iyilik ve kötülükle ilgisi olmayan,,, varlığın bağımsızlığını kazandığı yerdeyim dedim kendime,,, ardından asfaltın kıyısında bulduğum ince yapraklı felsefe renkli bir gölgede otobüs beklerken kımıldamaya başladı iç benim:

"*ime erotervmenos me ta*
matia su / matia su"

~

ıstanbul'uma geldim,,, bu dünyanın en güzel kentine,,, son yıllarını arabeskleşerek geçiriyor,,, arka sokaklarında lağımlar taşan, gürültülü, haksızlıkların, kötülüklerin bini bir para olduğu yere,,, gorgo her boş alana avm dikmiş,,, rant rant,,, böyleleri ölünce gözlerini yuvarlak madeni bir kuruşla örterlermiş,,, gözlerini para bürüyenlerin,,, maziyi, tarihi, insanlık duygusunu yitirenlerin dünyevi tamahlardan arınmayan rezillerin...

yeni insanlar tanımaktan,,, eski dostları arama arzusunu yendim,,, bi tek zeyyat,,, havranlı zeytincilerin oğlu dostum zeyyat,,, beşiktaş'tayım şu an,,, bildiğim yerler,,, yürürken zeyyat var yanımda,,, konuşuyoruz,,, nerelere kayboldun gene,,, sorma anlatırım,,, neredeyse bir yıl oldu,,, oldu,,, özledim seni,,, ben de seni,,, elimi alıyor eline yürüyoruz,,, karşı kaldırımda aile fotoğrafı aldırıyorlar,,, sırayla biri girip biri çıkıyor resimden,,, hemen ardımda bir uğultu,,, insanlar,,, konuşmadan hızlı hızlı,,, yol verdim hiç bakmadılar bana,,, zeyyat'ı kaybettim o arada,,, insan görünür olanı anlamakta yanılır dedim kendime...

işte evimdeyim,,, sükûnet içinde,,, tuhaf bir adamı,,, gorgo'yu morgo'yu atmışım kafamdan,,, gizemli bir kadın,,, eski komşular azalmış,,, yenilerle tanışmak istemiyorum,,, saçaklı mefkure'yi sokuyorum içeriye sadece,,, evde bir sürü hayalet var zaten,,, annemin, ablamın eskilerini mefkure'ye giydiriyorum,,, mefkure hayaletler topluluğu oluyor,,, kendine bakıyor gülerek,,, beyendin mi diyorum,,, hıı diyor,,, hacı murat usta'nın üç katlı sefertası dedikleri evin ilk katındayım şimdi,,, eskiden kalma somyaları fırlamış fes rengi,,,

kadifesi kararmış, çökmüş,,, o koltuğa kuruluyum,,,
bütün geçmişin üzerine çöktün diyorum kendime,,,

bana kalan
yere bakmak
hayat uzun bir kışa döndü
kış kapıda sayılır
ne de olsa gelecek
soğuk ve yalnız yatak
yakınma yok
yere bakacaksın
tüm kış yere bakacaksın
bak bak
kim tezgâh başında
ördü bu herekeyi
yüz yıldır yaşıyor
ninenden kalma
dökülse de parlak tüyleri
hep ona bak
çiçekler iç içe
kürem kürem inmişler yukardan
üst üste binmişler
yünle örülüymüş
küçük kızların esmer
küçücük elleri dokumuş
atkılar pamuk
kış tükenmeyecek saymakla çiçekleri
fildişi zeminde rengâhenk
güller dikensiz
karanfille koklaşan yapraklar
tirşe deniz
baş başa vermiş

kızıl gonca
dünya zambakları
arada gözleri bünyamin hurşit'in
öteki kümeyle sırdaş
topakları
kış bitmeyecek
scarlatti çizmiş
dokumuş
arturo michelangeli
kış
nasıl sona erecek
denizi de seyret
başını kaldır
dünyayı
dünyayı nasıl değiştirecektik
biz
unuttum
dostlarım öldü
dostlarım yaşlandı
dostlarım değişti
en baştan başlamalı
kirle kurşunileşmiş
perdeyi kıvır

zeyyat dedi ki
bir deney olarak
hayatı kaydetmenin
yeni kuşaklara
yardımı dokunmaz
o yüzden
yazarlara sadece
acınır
en doğrusu
kimseye akıl vermeden
yaşamak ve ölmektir

perdeyi kıvırdım,,, bir yanda ilk gençliğimin fener'inde olduğu gibi, beyaz mukavvadan yapılmış oyuncakları andıran "şehir hatları yolcu vapurları",,, üsküdar, eminönü oradan kasımpaşa, fener, balat, hasköy, ayvansaray sütlüce, eyüp gidiş geliş seferleriyle canı burnunda, gorgo'larla boğuşarak yaşamaya çabalayan insancıkları, oradan buraya buradan oraya taşımayı sürdürürken, büyüklenmeyle sakatlanmış ölümsüz zaman tanrıçası, yaşamımızın külüstür resmi geçidine; ilençli ruhlarımızın cırlak karnavalına bakarak, hayatın kendisinden başkasına acımayan amaçları önünde hiçbir şeyin önemi olmadığının bilinciyle dimdik, arkasına bakmadan yoluna devam edip gidiyor

ne arar bilmem burada
böyle gelir
oturur
sıkılır
hep sıkılır
dilsiz olamaz
sanmam
kim bu
bilemem
konuşmaz
ama bambaşka sıkılır
böyle dolaşır
durmadan dolaşır
kim acaba
sıkıntı

leylâ erbil
2011-2013